U0033141

古詩，我的能量補給

[星佑 編著]

好讀出版

C·O·N·T·E·N·T·S

序　言

　　詩歌一直以來讓讀者又愛又恨，她不像小說般容易閱讀，也不像小品文清晰明瞭，人們讀詩總覺得隔了一層薄紗或像霧裡看花，漸漸的不愛讀詩了。但以文學的發展來說，最早的文學形式便是詩，世界聞名的諾貝爾文學獎的得主，也以詩歌創作為主居多，可見詩有它異於其他文學的長處。

　　詩是文學中最純粹精練的語言，但讀者仍會疑問，若是連詩歌的文字都無法讀懂，要如何去體會箇中滋味呢？若是新詩已經被人這樣質疑，更不用說距離現今遙遠的先秦兩漢詩歌了。詩經時代到今日已有兩三千年的時差，在這段時間內語言不知道經過多少次變化，文字的意義也隨之增減改變，我們還能絲毫無誤的品嚐詩歌中的意境嗎？這的確是個嚴重的問題。當然除此外，或許有讀者會說我們目前就有許多的新詩，為什麼不選擇它們，何必讀什麼古典詩歌。

　　這或許是人們碰到詩歌會想打退堂鼓的理由，也是我在撰寫這本書首先想到的課題，要如何拉近古今的文字隔閡，如何將詩歌精神以現代的角度帶給讀者。

　　當我邊思考邊讀詩的過程中，發現了一個有趣的現象，原來

我們耳熟能詳的詩句，有些是來自於先秦兩漢詩歌。舉例來說，我們常常祝賀他人新婚的「白頭偕老」，這是出自於《詩經》；勉勵他人「少壯不努力，老大徒傷悲。」的成語，是漢代樂府〈東門行〉的詩句，可見這些詩歌我們並不陌生，只是很少花時間去挖掘。

發現了這個現象，讓我對重新編寫先秦兩漢詩歌的興趣提高，更仔細閱讀先秦兩漢詩歌，也更想將這些詩歌全部重新介紹給讀者。然而我這雄心壯志受制於篇幅的侷限，終究無法如願。不過沒關係，我仍選些先秦兩漢詩歌的代表作，試著從當代的詩歌出發，再用較能理解的文字思考，盡量的貼近作品的精神，希望藉此讓人感受到的不只是詩歌蘊藏的情感與精神，也找到詩歌的現代意義。

閱讀之後你將有所驚喜，原來詩歌的情感與精神可以穿越時空而存活，被歲月塵埃掩蓋而暫時失去的光輝將重新閃亮，過去錯認詩句是多麼艱澀難懂的觀念也將不再，甚至想深入的挖掘寶藏。讓我們敞開心胸，踏出閱讀的第一步，你將會獲得讀詩的樂趣！

與自我深層溝通

你有多久沒有親近自己了？
試著觸動內心的世界，提升
自覺的能力。

1. 摽有梅

詩經・召南

摽有梅，其實七兮，求我庶士，迨其吉兮。

摽有梅，其實三兮，求我庶士，迨其今兮。

摽有梅，頃筐墍之，求我庶士，迨其謂之。

　　青春只有一次，即便它曾如此燦爛美好卻也稍縱即逝，就像庭院中盛開的花朵，總有凋謝的一天，情感充沛的人置身其中，也不禁的感嘆：「梅花才剛開始飄落，枝上還殘留七分，但漸漸地會剩下三分，所以說那些想追求我的人啊！若是真的喜歡我，就別再猶豫，快點開口吧！再遲點，我也只有拿著掃把、畚箕，輕掃滿地的殘花。」

　　人常說：「大地春回。」表示四季循環不止，萬物總會復甦。然而當搖曳風中的花朵，一旦花落紛飛，便不再有美麗的光景，即便來年再開，也不是去年盛開的那朵，這不就像每個人寶貴的青春嘛！

　　李後主看著落花輕嘆：「風裡落花誰是主？」黛玉望著花塚哀唱：「花謝花飛飛滿天，紅消香斷有誰憐？」落花啊！引起多

少人的感嘆！

　　同樣的，詩歌的主人翁看著落花，早已壓抑不住心中一股想要幸福的渴望以及白白浪費青春的害怕，一時全都傾洩而出，再三反覆的唱著：「求我庶士。」想愛我的那些男人，快來追我吧！這句話是對全世界男人的吶喊，喊出她想愛的宣言。

　　陶子的〈不再想念〉唱著：「真的會有那個人等我嗎？或者青春就這麼死去了。」所以你若發現有追求的人事物，你可以再靠近一點，不過別只是看喔！心動不如馬上行動，再慢，再猶豫，幸福將從我們的指尖中流走。

2. 女曰雞鳴

女曰雞鳴，士曰昧旦。子興視夜，明星有爛。

將翱將翔，弋鳧與鴈。弋言加之，與子宜之。

宜言飲酒，與子偕老。琴瑟在御，莫不靜好。

知子之來之，雜佩以贈之。

知子之順之，雜佩以問之。

知子之好之，雜佩以報之。

　　天剛亮，偏遠鄉村中，有戶貼著雙喜的小屋，屋裡傳來妻子的說話聲，她說：「老公，公雞都已經啼叫了，趕快起床吧。」而她丈夫敷衍的說：「天還沒全亮，就讓我再睡會兒吧。」

　　話一說完，屋裡一片靜悄悄，做丈夫的知道妻子在生悶氣，只好硬是起床，遙指著天邊說：「你看看，天上仍有稀疏的星星，正閃耀著光芒。」女子尾隨著他的手指，看到卻不是星星而是幾隻早起的鳥兒飛過，便質問丈夫：「那些休息一晚的鳥兒都已早起，飛滿整個天際，你也該背起弓箭，打獵去吧！」

　　丈夫聽完摟著她的肩膀說：「是啊！把牠給射下來，好讓你

做些美味佳餚，就我倆邊吃邊喝小酒，高興的時候彈奏琴瑟唱歌，就這麼白頭到老。」女子聽完羞紅著臉說：「就盡說些玩笑話。我知道你對我好，我會做些配件以報答你對我的愛。」

以上是詩的內容。一首輕鬆的生活小品詩，描述著新婚夫妻間恩愛的情形。妻子擔心現實生活便要丈夫早起打獵，丈夫雖有起床氣，卻能很快的哄哄妻子，顯出兩人新婚中的甜蜜。

新婚的倆人也沒有大富大貴的願望，只要這輩子能夠男打獵、女煮飯的相依為命，有空的時候彈著琴瑟休閒一下，這樣平淡的過一生也就心滿意足，最踏實的幸福或許就是這樣。

有人說婚姻是愛情的墳墓，那是多數人在婚後很少用心經營倆人的情感，若能注意生活的小細節，婚姻想必會更加的美滿。

如同詩歌中的丈夫不因被叫醒而發脾氣，相反了解妻子擔心生活困境，所以要他上工打獵，而他藉著說些調皮話來緩和僵硬的氣氛，像這樣從小地方做起，正如現代人常常談論的EQ學習，有好的情緒管理或許才是婚姻長久之道。

3. 出車

詩經・小雅

我出我車，于彼牧矣，自天子所，謂我來矣，

召彼僕夫，謂之載矣，王事多難，維其棘矣。

我出我車，于彼郊矣，設此旐矣，建彼旄矣，

彼旟旐斯，胡不旆旆，憂心悄悄，僕夫況瘁。

王命南仲，往城于方，出車彭彭，旂旐央央，

天子命我，城彼朔方，赫赫南仲，玁狁于襄。

昔我往矣，黍稷方華，今我來思，雨雪載塗，

王事多難，不遑啟居，豈不懷歸，畏此簡書。

喓喓草蟲，趯趯阜螽，未見君子，憂心忡忡，

既見君子，我心則降，赫赫南仲，薄伐西戎。

春日遲遲，卉木萋萋，倉庚喈喈，采蘩祁祁，

執訊獲醜，薄言還歸，赫赫南仲，玁狁于夷。

　　假想你正看著一幅氣勢磅礡的戰爭寫實畫，畫裡塵沙漫天的
飛揚，士兵的殺戮聲不絕於耳，軍旗插在屍體上隨風飄揚。另一
幅畫裡戰勝的戰士們踩著闌珊步伐，臉上的神情沒有凱旋而歸的

喜悅，在畫的一角，畫筆勾勒出士兵們的意識，意識中士兵回憶起家鄉舊景。

這樣截然不同的兩幅畫，描寫的同是戰爭與士兵，但前一幅是爭戰時激昂的打鬥場面，後一幅則描繪出戰後歸途士兵的複雜心情。後一幅畫讓人好奇的是，回家是件值得高興的事，為何愁容滿面呢？原來士兵複雜的心情，是因為不知家中的親人可否安康？熟悉的家鄉不知是否受到戰爭的摧殘？太多的疑問讓他擔憂起來。

假設繼續描繪第三幅畫，軍隊來到破屋休息，士兵注視窗外紛飛的大雪，腦海意識分成兩個方塊，一個描繪他的親人在炎熱的太陽下工作，臉上卻掛著憂愁兩字，另一個描繪出百花盛開、欣欣向榮的美景，黃鶯在樹枝開心的歌唱，士兵與親人圍繞著手牽手跳舞，慶祝著敵人已經消滅。

將這三幅連起來看，戰爭主角是無奈的士兵們，而非養尊處優的王宮貴族，雖說打仗是出自於保衛國家，但他們可不樂見戰爭發生，因為戰爭讓他們的雙手染上血腥，也讓他們離開親愛的故鄉，更讓家人為他們生死擔憂，他們共通的期許是不要再有戰爭吧！

4. 凱風

詩經‧邶風

凱風自南，吹彼棘心，棘心夭夭，母氏劬勞。
凱風自南，吹彼棘薪，母氏聖善，我無令人。
爰有寒泉，在浚之下，有子七人，母氏勞苦。
睍睆黃鳥，載好其音，有子七人，莫慰母心。

夏日，和煦的風由南方陣陣吹來，搖晃酸棗的樹心和枝葉，樹心與枝葉雖然稍壯，卻仍然稚嫩。我的母親真是辛苦啊！每天就像照顧酸棗般細心的照顧我們，你如此的聖潔美善，我卻無法報答你啊！

天下間的父母莫不像詩歌所寫，像個辛苦的農夫照顧幼苗般保護子女，時時刻刻繃著自己的神經，深怕有個萬一。電視不也曾播過一個牛奶廣告，內容描述媽媽拿杯牛奶給小朋友喝，小朋友喝完後便說：「我要像大樹一樣。」許多人也在作文裡寫過「我的父母每天照顧著我這株幼苗，直到我長成大樹般高壯。」

做子女心中卻仍有痛。當長大成人後，自己無法讓父母享享清福，如同詩人責備自己：「寒泉如此的清涼，是來自浚國泉源

的恩惠。母親膝下育有七子，還是像過去般的勞苦工作，縱使歌聲清脆的黃鶯，每天唱著美妙的歌曲，也無法讓母親的心暫時獲得寬慰。」

母親愈偉大，做子女愈是感到自己的回報永遠不夠，甚至埋怨自己是不得其法的笨人，為何想不出報答母親的方法。然而試問怎麼樣才算報答母親？

記得小學曾吟唱：「慈母守中線，遊子身上衣，臨行密密縫，亦恐遲遲歸，誰言寸草心，報得三春暉。」如同歌曲，做母親擔心子女是無時無刻，所以子女怎會有報答完的一天。倘若你在苦思報答時，別把時間浪費在摸索中，不如多陪陪他們，關心他們的生活，這會比送父母現金房子轎車還要令他們開心。

5. 靜女

詩經・邶風

靜女其姝，俟我於城隅，愛而不見，搔首踟躕。

靜女其孌，貽我彤管，彤管有煒，說懌女美。

自牧歸荑，洵美且異，匪女之為美，美人之貽。

「窈窕淑女，君子好逑。」倘若有機會，有個美麗女子主動向你示好，怎麼不叫人開心興奮呢？若是佳人進一步開口約你，我想那顆雀躍的心是無法用言語形容。

同樣的心理。詩人與情人約在城外的某處相見，才一大早就提前在那等候，左顧右盼望著對方來了沒，然而此時天色未明，前方模糊不清，約定的時間也還沒到，佳人當然尚未出現，詩人卻已焦慮的搔著頭，手足無措的來回走著。

這樣的戀愛心情，最常發生在青澀的初戀，當時對愛情帶著許多的期待與幻想，盼望時時刻刻都與對方相守，對方的一舉一動，都讓人猜想她是不是在暗示著我什麼。

像是詩人的情人，送了他一根紅簫，即便紅簫十分有光澤，然而高興是因為它是美人送的；想起曾在郊外遊玩，美人摘了幾

根嫩草送給他，嫩草雖如此的美好又稀奇，但並非草比美人更美而感到喜悅，是因為草是美人送的。

　　初戀雖美，很少人的終身伴侶會是初戀對象，但初戀卻可能是所有的戀愛中，令人印象最為深刻的。當時倆人無所求的付出，沉溺在愛的大海，整個世界都因愛而美輪美奐。令人感嘆的卻是，在變化無常的世界，像這樣純粹的感動又有能喚起多少次呢？

6. 淇奧

詩經‧衛風

瞻彼淇奧，綠竹猗猗，有匪君子，

如切如磋，如琢如磨，瑟兮僩兮，

赫兮咺兮，有匪君子，終不可諼兮。

瞻彼淇奧，綠竹青青，有匪君子，

充耳琇瑩，會弁如星，瑟兮僩兮，

赫兮咺兮，有匪君子，終不可諼兮。

瞻彼淇奧，綠竹如簀，有匪君子，

如金如錫，如圭如璧，寬兮綽兮，

倚重較兮，善戲謔兮，不為虐兮。

「瞻望彎曲的淇水以及長滿蔥綠竹林的岸邊，這時有個文質彬彬的君子經過，聽說他的學問琢磨得十分精湛，看他的儀態既莊重又威嚴，像具有顯赫的地位，見過的人想必難忘他的身影。

美玉從帽帶垂至耳旁，帽上鑲有閃亮的美鑽，就像他金屬般的意志。他如玉石般的高雅風範，不同常人的豁達胸襟。倚靠車廂的扶手，談吐既幽默又風趣，縱使別人開他玩笑也不生氣。」

詩歌具體描述高尚品德又相貌堂堂的君子，倘若眞有這樣的君子，的確讓人不禁想仿效起他來，視爲心中崇拜的偶像。

　　在成長階段中，或多或少人都曾崇拜偶像，不同的是，有人欣賞偶像的外貌，有人欽佩偶像的奮鬥精神，有人則單純憑感覺喜歡對方，隨著年齡智慧的增長，人也不停的更換崇拜的偶像。

　　偶像可能擁有優於常人的長處，但是長處是天生還是後天則有所不同。若要兩者選一，後天的部分更值得我們學習。

　　現代科技可以隨意改變樣貌，只要動個小手術就可，但若是談吐、思想、氣質、胸襟……等，就絕非一蹴可幾。因此當我們看到偶像的優點時，不應該狹隘學習他的外表，仿效他的奮鬥意志也很重要，但更高階層的是，如何從別人身上看到自己的優缺點，進而改善缺點，突顯自己的優點，別只是沉迷在模仿，要吸收成爲自己的特色，抄襲永遠無法超越，嘗試在觀看別人中學做自己。

7. 碩人

碩人其頎，衣錦褧衣，齊侯之子，衛侯之妻，

東宮之妹，邢侯之姨，譚公維私。

手如柔荑，膚如凝脂，領如蝤蠐，齒如瓠犀，

螓首蛾眉，巧笑倩兮，美目盼兮。

碩人敖敖，說于農郊，四牡有驕，朱幩鑣鑣，

翟茀以朝，大夫夙退，無使君勞。

河水洋洋，北流活活，施罛濊濊，鱣鮪發發，

葭菼揭揭，庶姜孽孽，庶士有朅。

　　一首好詩宛如一幅栩栩如生的畫，畫中的一切隨著文字流傳久遠，只要有人繼續閱讀，畫景便不斷的讓人回味無窮，沉醉在詩海中。

　　這首詩即如畫般的描述修長身材的美女，穿著麻紗罩衫與錦衣，不知是哪家的閨女？原來是齊侯的女兒，衛侯的新娘，東宮太子的妹妹和邢侯的小姨子，譚國公子正是她姊夫。她的美貌就像她的尊貴身分，雙手有如柔嫩春荑般，凝脂的肌膚吹彈可破，

脖子猶如蝤蠐雪白，皓齒頗如瓠犀整齊，飽滿的額頭配著細長雙眉，嫣然微笑便觸動人心，明眸秋波讓人神魂顛倒。

這樣的美人，一生難得遇見幾次，若是碰巧看見，整個人當然會興奮異常，雖然明知無緣相識，用眼睛欣賞總不犯法吧！

我們再仔細看看這絕世美女。她的座車停在郊外休息，雄壯威武的座騎，嬌美的紅色綢布綁著馬嘴，車夫駕著羽毛車往朝堂前進，想必是去舉行婚禮。所以請諸位太夫今天早早退朝，別讓我們的國君太累。

浩蕩黃河不斷往北奔騰，若是撒下漁網，魚兒應會活蹦亂跳的竄入，黃魚、鮪魚發出擊水聲。眼前兩岸的雜草叢高，陪嫁的姑娘如此美麗，跟隨的男子十分英勇。

浩大的迎親隊伍，即便我們只是靜靜欣賞也能感染他們喜氣氛圍，感受新婚典禮的慎重，以及祈求婚姻的美滿，當然更忘不了那回眸一笑百媚生的新娘。

8. 緇衣

緇衣之宜兮，敝予又改為兮，
適子之館兮，還予授子之粲兮。
緇衣之好兮，敝予又改造兮，
適子之館兮，還予授子之粲兮。
緇衣之蓆兮，敝予又改作兮，
適子之館兮。還予授子之粲兮。

「黑色朝服多合身啊！不小心破了，我會為你再縫製一件，你先去官署辦公，回來時，就有鮮亮的衣服可穿；這件朝服多美啊！不小心弄破，別擔心，我可以再做一件，你先去官府上班，回來後就有新衣穿；這件朝服寬多了吧！若還是弄破，別擔心，我為你再做件新衣，你先照常上班，回來後，我幫你穿上新衣。」

詩歌中的女主人如此不厭其煩，再三反覆替夫君織著新的官服，不論他弄破了幾次，也不問是怎麼不小心地弄破，只說沒問題她可以重新再做，一定讓丈夫上朝時總能光鮮亮麗，可見她多關心丈夫在外禮儀，體諒對方在外奔波的辛勞，而自己能做的就

是照顧好家裡，讓丈夫無後顧之憂。

　　婚姻最難得的是互信互諒，尤其在愈有誘惑的物質環境，總擔心對方一時把持不住而對不起自己。即便兩人之間做好協議，最好的協議卻是沒有約束，用信任為相處基礎。

　　多體諒對方，不見得常常給對方意外的驚喜，雖然多點情趣有助調和彼此關係。換個角度想，人總是做了父母，才學做父母，套用這樣的邏輯，許多人也是婚後才學做夫妻，相信只要肯做永遠不嫌晚，除非你選擇了放棄。

9. 常棣

詩經・小雅

常棣之華，鄂不韡韡。凡今之人，莫如兄弟。

死喪之威，兄弟孔懷。原隰裒矣，兄弟求矣。

脊令在原，兄弟急難。每有良朋，況也永歎。

兄弟鬩于牆，外禦其務。每有良朋，烝也無戎。

喪亂既平，既安且寧；雖有兄弟，不如友生。

儐爾籩豆，飲酒之飫。兄弟既具，和樂且孺。

妻子好合，如鼓瑟琴。兄弟既翕，和樂且湛。

宜爾室家，樂爾妻孥。是究是圖，亶其然乎？

　　脾氣倔強的我，與尚未懂事的弟弟曾有嚴重的爭執，其中複雜的因素就不囉唆的再講，傷害最大的是從未如此嚴重爭吵的我們，整整有一個星期彼此都互不說話，即便仍然睡在同個房間。這樣令人窒息的氣氛，幾乎是喘不過氣的凝重。幸好，後來情況漸漸地緩和，也忘了和好的理由，反正是自然而然的又和好，當時十分慶幸自己有個好兄弟。

　　但有時候兄弟間的情況並非如此簡單。走在玫瑰般的常棣花

間，花開的多麼鮮亮，一番欣欣向榮的氣象，讓人感到優美與舒坦，未來也跟著希望無窮。同根生的花朵彼此相伴綻放，天下間的人類也該如兄弟般相愛，但是理想跟事實總有段差距。許多人爲了利益兩字，即使是血濃於水的兄弟，同樣不眨眼的互相殘害，下更重的毒手。這樣的現實，讓詩人不禁感嘆：「平常遭遇死亡的威脅，就是兄弟最爲關心掛念，即便我身在遙遠荒野，也會不辭辛苦找尋，就像水鳥困在原野，十分著急的趕來相救。雖然身旁還有朋友相伴，仍會長嘆不息。若發生兄弟鬩牆，對外還得抵抗強權侵略，過去伸手相救的好友，終究也無法幫的上忙。等到喪亂平息，生活慢慢步上安寧，這時兄弟的感情就不如朋友的親密。邊上陳列了佳餚，眾人滿足的喝酒，兄弟若能相聚，想必歡樂又溫暖。除了夫妻像琴瑟和諧般相愛，兄弟若能重新聚合，全家從此平安順遂，妻妾們開心快樂。難道我們不應該去深思熟慮這確切的人生道理嗎？」

在成長歲月，誰跟兄弟不曾爭吵過，有的感情還是愈吵愈好。爭吵並不是不好，有些人還非得透過這樣的方式才能溝通，但要適可而止，否則難免在彼此心中造成不可抹滅的傷害。下次爭吵時，試著以對方的角度想想，讓彼此暫時先冷靜下來，也許當兩人冷靜後，想起爭吵的理由時，還會覺得十分好笑呢。

10. 東山

詩經·豳風

我徂東山，慆慆不歸。我來自東，零雨其濛。

我東曰歸，我心西悲。制彼裳衣，勿士行枚。

蜎蜎者蠋，烝在桑野。敦彼獨宿，亦在車下。

我徂東山，慆慆不歸。我來自東，零雨其濛。

果臝之實，亦施于宇。伊威在室，蠨蛸在戶，

町畽鹿場，熠燿宵行。不可畏也，伊可懷也。

我徂東山，慆慆不歸。我來自東，零雨其濛。

鸛鳴于垤，婦歎于室。洒掃穹窒，我征聿至。

有敦瓜苦，烝在栗薪。自我不見，于今三年。

我徂東山，慆慆不歸。我來自東，零雨其濛。

倉庚于飛，熠燿其羽。之子于歸，皇駁其馬。

親結其縭，九十其儀。其新孔嘉，其舊如之何？

　　回鄉的途中，戰士的心情卻是忐忑不安，因為對他們來說，久別後的家鄉是個既熟悉又陌生地方。

　　「前往士兵停駐的東山，想到好久不曾回家，如今終於我將從

東方出發踏上歸途。濛濛細雨飄個不停，我才說要從東方回去，心中卻對西方悲傷。但願能做幾件平常的衣服穿，不再從軍而銜著枚筷。野蠶在樹上蠕動，它們已經習慣生活在桑野，我們卻縮成一團獨眠，睡在哪個車底。」

回家的感觸悲喜摻半，讓士兵無法入睡，躺著猜想家中情況：「果贏的果實恐怕已垂到地面，房子也長滿伊威，窗戶盡是蜘蛛網，還有野鹿的腳蹄跡，燐火閃閃發亮，這樣不是個頗為可怕的地方，卻還值得我懷念啊？」

雖然擔心還是得回家，越接近家園，戰士的心情卻隨之不同，除了擔心也多點喜悅，他想著：「鸛鶴在小土堆鳴叫，妻子在室內長嘆，灑掃屋內準備迎接我，征夫我人就快回來了！剖成兩半的圓葫蘆，久擱在柴堆上，我倆分離不見，至今已有三年。黃鶯在頭上飛翔，牠的羽毛發出光芒。想起那年妳剛過門，駕著黃白色的馬，帶著丈母娘織結的珮巾，當時還想結婚儀式怎麼如此多啊！新婚時你已經很美，久別重逢後不知你變成什麼樣？」

由戰爭停歇的喘口氣，到回家路途的擔心，最後有著莫名的期待，曲折的心理過程，反應詩人起伏不定的心情，也加深他情感上的豐富，此首詩可說是中國文學史上戰爭歸途的代表作。

11. 有客

詩經・周頌

有客有客，亦白其馬。有萋有且，敦琢其旅。

有客宿宿，有客信信。言授之縶，以縶其馬。

薄言追之，左右綏之。既有淫威，降福孔夷。

「家門的不遠處，有客即將臨門，他風度翩翩騎著白馬，後面跟著眾多的隨從，隨從各個都是盛裝旅者。首夜，客人住宿廂房，第二三天繼續住下，我想拿出繩索綁住馬兒，好讓客人能夠留下。然而該走的仍留不住，佳客將要離我而去，送行時，左右侍者對我說些安慰的話，他們說：既然他接受過我們的款待，相信老天會繼續賜福給他。」

前幾年曾到大學同學的家裡，主要是為他慶生，車子才剛剛開到他家巷口，便在不遠處就看見她跟家人出門迎接，熱情的揮著雙手，這是我第一次感到前所未有的尊重，一種被當作客人的體貼招待，當時還有股溫暖在心中流動。

後來認識較多的人後，發現一位好的主人最害怕的是招待不周，客人不能盡興而歸，客人未到前，便在門口準備迎接，客人

不得已要走時，還目送對方直到消失看不見，所以想起同學的父母如此以禮相待，怎麼不教當時年紀尚輕的我感動呢。

魯迅寫過一篇散文〈過客〉，其中有段這樣寫著：「是的，我只得走了，況且還有聲音常在前面催促我，叫喚我，使我息不下。可恨的是我的腳早經走破了，有許多傷，流了許多血。」

其實，人不就如同世間的過客，有你不想承受的事物，遭受不想面對的打擊，甚至闖得頭破血流。然而只要路上有人願意給你一杯水，或者願意讓你借住一宿，這樣的溫暖就可以支持我們繼續走向未完的人生。

12. 見志詩之一

酈炎

大道夷且長，窘路狹且促。

修翼無卑棲，遠趾不步局。

舒吾陵霄羽，奮起千里足。

超邁絕塵驅，倏忽誰能逐。

賢愚豈常類，稟性在清濁。

富貴有人籍，貧賤無天錄。

通塞苟由己，志士不相卜。

陳平敖里社，韓信釣河曲。

終居天下宰，食此萬鍾祿。

德音傳千載，功名重山岳。

　　我們常常覺得世界冥冥中自有主宰，祂掌控人的吉凶禍福與
生離死別，尤其當我們遇到挫折，便會更相信這件事。然而還是
有人秉持著無神論，相信未來的事永遠操之在己，詩人便是這樣
的人。

　　前方的大道平坦又漫長，窘困的小路狹小又侷促，若是你，

你會選擇哪條路？小徑或許是個快速捷徑，但也隱藏更多的危險與不安，你願意冒險嗎？還是學著聰明，曉得不該讓自己陷入危險困境中。

假想自己是鳥，有著修長的羽翼且不須卑微的棲息，可以跨遠的腳趾不侷限步伐，舒展凌霄的翅膀，奮起而飛便是千里遠，絕離了人煙，驅走了塵囂，若是加速前進，還有誰能追得上。

人生而有別，上天賜於每個人的才能各有不同，然而這只是像賢能和愚笨在程度上有所不同，豈能視為相同之屬。天生的秉性也是有所謂的清濁之分，可恨的是，史書記載的人只因他們富貴，貧賤的人永遠名不見經傳。

想要打通或阻塞前途都是由自己掌控，有志氣者是不會相信卜卦之說，歷史上陳平、韓信的故事不也證明，只要心存志氣終能成功，成為佔據一方的主宰，享受富貴的俸祿，功績永傳於世，功名超過了山岳。

詩人不斷的勸說，做個聰明人，就要做個相信自己能力的人，甚至用歷史上的人物來證明，別讓卜卦決定該走的方向。然而現今仍到處有占卜、面相、星象等等讖緯之說，連西方的星座命盤也侵占市場。若只是當作參考價值還無所謂，但過度的迷信，豈不真的就像王菲唱的〈棋子〉了。

13. 見志詩之二

靈芝生河洲，動搖因洪波。

蘭榮一何晚，嚴霜瘁其柯。

哀哉二芳草，不值泰山阿。

文質道所貴，遭時用有嘉。

絳灌臨衡宰，謂誼崇浮華。

賢才抑不用，遠投荊南沙。

抱玉乘龍驥，不逢樂與和。

安得孔仲尼，為世陳四科。

　　園藝是門大學問，若是藝工有雙巧手便能讓殘花與枯木再遇第二春，若是種植者抱持純粹玩玩的心態，埋下種子後便轉身不管，怎能期望它開出魅力的花朵，這簡直是癡人說夢。

　　種植最重要的是選擇適合植物的生長環境，這條件包含了水、陽光、還有土壤，少了其中一個可別期望它朝氣蓬勃。

　　像是靈芝若是長在沙洲，往往只要洪水沖擊，它的根本就開始動搖，如何能夠久活呢？再如，養蘭花十分注重氣候，若是任

由它遭受寒霜的凜冽吹襲，怎麼可以怪它開得特別晚，花有開就已經不錯！但是若能將它們種在適合的地方，花也不會哀哉感嘆生不逢時。

　　生活環境的重要，人跟植物也是相同，總要有環境願意栽培自己，進而讓自己發揮長才；不論你本質的文采、氣質多麼優秀，若沒有適當的時機受到重用，也是徒具一身好本領。然而人需要的環境並非如同土壤、陽光、水般的簡單，還關係著人。

　　有個漢朝元老曾經上諫皇帝，說賈誼是個浮華之人的不實謊言，結果賈誼才能不但不被重用，反而被發配至荒野南沙。

　　詩人身境如同賈誼，才能遭到埋沒，心中不禁浮現「抱玉乘龍驥」的想法，埋怨世間少了卞和與伯樂，來指認如同璞玉與千里馬的他。甚至奢望孔子再世，重新定出四科選人，朝中的奸臣也就無法妖言惑眾，動搖了國家的根基，而賢能的人才有機會真正出頭天。

　　懷才不遇，是詩人心中的感嘆。人才濟濟的現代，有志難伸的人更是眾多，想必與詩人有相同感受的人也不少。加上地位競爭激烈，即便你能力卓越出眾，但在同儕的排擠或上司的眼紅下，不見得能獲得老闆的賞識。所以當你無法順利一展長才時，不如努力的充實自我，時機來了，也就是你風光的時候。

14. 翠鳥

蔡邕

庭陬有若榴，綠葉含丹榮。
翠鳥時來集，振翼修形容。
回顧生碧色，搖動揚縹青。
幸脫虞人機，得親君子庭。
馴心托君素，雌雄保百齡。

　　春天除了百花盛開外，少不了小鳥點綴些青春之歌，迎接著新氣象的來臨。春天，翠鳥聚集後又穿梭榴林中，瞧牠一刻不得閒的圍繞身旁，或在你指尖上輕快的跳躍，有時揮動羽翼修整修整翅膀，有時左右盼望，像在觀看剛剛來臨的春色，或有時抖動微翹的尾翼，能夠欣賞這樣的美景想必也是一大快事，而詩人是何等幸運的身在其中。

　　翠鳥一連串生動的表演，讓詩人不禁想像，想像牠正在感謝自己，發出動聽美妙的聲音唱著：「幸好能從虞人的鳥籠中逃脫，來到親愛的君子庭中，一顆待馴服的心託付善良的君子，從此以後我們都可以安享百年。」

詩人的想像力，讓翠鳥的肢體、歌聲都像在跟他對話。翠鳥究竟說了什麼，詩人並非翠鳥應該無從得知，但這不表示，動物與人沒有溝通的可能，甚至否定人與動物的情感。

　　語言並非溝通的唯一管道，就像許多人跟寵物的感情，是超語言的有默契，主人瞧了一眼，便得知寵物下一步的動作，寵物瞧見主人心情不好，也會過來安慰安慰主人。

　　然而寵物們的忠心逃不過主人的變心，有天主人突然的心情不爽，寵物隨時有生命的危險。天下間的主人們，請善待自己心愛的寵物，希望你是詩歌中，那位值得信賴的好主人，讓你的寵物可以安心的跟你一輩子。

15. 明月皎夜光

明月皎夜光，促織鳴東壁。

玉衡指孟冬，眾星何歷歷。

白露沾野草，時節忽復易。

秋蟬鳴樹間，玄鳥逝安適。

昔我同門友，高舉振六翮。

不念攜手好，棄我如遺跡。

南箕北有斗，牽牛不負軛。

良無盤石固，虛名復何益？

　　夜空中皎潔的月光依舊，東壁的蟋蟀陣陣低唱，此刻，北斗七星中的玉衡星正指向孟冬星，天際也因繁星變的清晰璀璨。這樣的夜，應該是與三五好友一同賞星的好時機，然而我們卻看到詩人落寞的漫步。

　　他低頭瞧見野草微沾了幾滴白露，忽覺時節又已不同，搖晃的樹叢間，秋蟬正吱吱的鳴叫，平時常看的燕子又到哪兒去了？

　　萬物隨著自然運行，就像明月不因悲歡而失去圓缺，繁星不

因離合而不再閃爍，但在這美麗的夜空，詩人的內心卻充滿著惆悵，甚至回想起昔日的同門好友：

「他現在已是高舉羽翼，飛黃騰達去了，卻完全不念我這曾經攜手相伴的好友，遺棄我就像是隨手可扔的東西。傳說中遙遠的南方有個箕星，北方有個斗星，每夜如牽牛星不背負軛般的懸掛。良心若無堅硬的盤石鞏固，即便擁有虛偽的名氣又有什麼用呢？」

世間多少人帶著面具，一面在人前討人歡心，一面卻在背後暗箭傷人，這樣的虛偽卻不易察覺，只有等偽裝的人願意揭曉，願意卸下深藏的面具，露出真正的嘴臉，屆時，才曉得自己被蒙騙了多久，卻也為時已晚。

沒有人喜歡這樣的背叛，因為這甚至可說是被愚弄，尤其對方還是自己掏心掏肺的好友。然而世風日下，人心早已不古，世態炎涼時，我想也只能自求多福，下次多小心點罷了。

16.
西北有高樓

古詩十九首

西北有高樓，上與浮雲齊。
交疏結綺窗，阿閣三重階。
上有弦歌聲，音響一何悲！
誰能為此曲，無乃杞梁妻。
清商隨風發，中曲正徘徊。
一彈再三嘆，慷慨有餘哀。
不惜歌者苦，但傷知音稀。
願為雙鴻鵠，奮翅起高飛。

「曲高和寡」，形容優秀的藝術作品總是很少人懂得欣賞，然而曲高是否必然會和寡呢？和眾是否表示曲不高呢？

孫燕姿的專輯頗受歡迎，常常高居排行榜的一、二名，唱片數量突破二十萬張，在盜版猖獗的時代頗屬不易，若用曲高和寡的理論，那麼孫燕姿的歌曲是否不達一定的標準，甚至不被視為藝術嗎？相反的，過去金曲獎最讓人詬病的是，最佳專輯的得獎作品常常不是唱片市場的銷售冠軍，而是藝術實驗性頗強的作

[042] 古詩，我的能量補給

品，這麼說來，這些專輯就是藝術，所以曲高和寡嗎？

受歡迎的歌曲常常在變，曾經主流的民歌不也漸漸的被抒情歌曲取代，抒情歌曲不也轉變成現今流行的R&B，相信後來會有新的一股潮流興起，欣賞者的多寡與時代流行息息相關，沒有人欣賞的藝術或是音樂不代表它就不好，頂多說跟時代潮流不符合。

如此說來「曲高和寡」不應該單單看做強調曲的高低、和者的多寡，它可能有別的涵義。

人活在世界上，卻沒個知心人，缺少心靈契合者，這是多痛苦的事。我們不也常在藝術家的傳記故事讀到，藝術家常常在人群中找不到慧眼識人的知音，窮苦潦倒的連生活都過不下去，甚至還遭到他人嘲笑的眼光，說他沒天份還裝藝術騙人，最後鬱鬱而終，他的藝術往往是死後才被世人發掘。

如同這樣的心情，詩人聽見悲傷的音樂歌唱聲，由西北一座與天齊高的樓房傳來，樓房的窗戶有著精緻花紋，樓前高閣還有重重階梯。是誰作的曲？悲傷的程度恐怕連杞梁妻哭都不能夠比擬。歌聲隨風而發來到清商調，中曲卻又低吟徘徊，慷慨中帶有淒涼。樂聲中，詩人想到的卻不是歌者之苦，反而感嘆世間知音總是稀少難尋，若是有天幸運的找到，必定雙雙化為心心相印的

鴻鵠，展翅高飛，無憂無慮地遨遊廣闊天地。

　　我想知音難尋才是曲高和寡隱藏的涵義。然而即便知音難尋，曲高依舊，這樣的藝術家仍然存在，等待著知音人。假設你是個作曲家，別急著擔心歌曲無人欣賞，試著將心底深處的聲音化爲樂章樂曲，當你寫下了生命的樂章，相信就會有人懂的欣賞。

體悟多面的人生

人生多變，沒有體悟、啓
發、思考，哪能生智慧？

1. 行露

詩經・召南

厭浥行露，豈不夙夜？謂行多露。

誰謂雀無角，何以穿我屋，誰謂汝無家，

何以速我獄，雖速我獄，室家不足。

誰謂鼠無牙，何以穿我墉，誰謂汝無家，

何以速我訟，雖速我訟，亦不汝從。

　　伸手不見五指的夜，看起來或許比白晝更美，卻也恐怖萬分，尤其在沒有月光星辰的陪伴，一個人孤獨的走著。然而，竟然還有人冒著路面濕滑的危險趕路，內心還邊吶喊：「難道我不想早點離開嗎？是露水濕滑走不快啊！」

　　原來是有人為逃命而夜奔，危急的逃跑中，卻還不忘咒罵欺騙她的負心漢：「你說過麻雀沒有嘴、老鼠沒有牙，那為什麼家裡的屋簷牆角，都被啄穿好幾個洞。你不用再騙我說你沒有家室，若不是因為你，我怎麼會吃上官司、遭人訴訟，就算用最無恥的方式告我，我也不會屈服。」

　　十分有趣的現象，人在熱戀中都深信戀人說的每句話，連老

鼠沒有牙都會傻的相信，等到夢碎時猛然發覺，自己是多麼的愚蠢，曾經信誓旦旦的諾言，瞬間成了最大的諷刺。

再說到，當別人婚姻的第三者，每個人均有不同的想法。有人堅持愛情的自私，不須理會世俗的眼光，坦蕩蕩的當第三者；有人假想自己是悲劇中的女主角，終日珠淚暗彈，只要能陪在他的身旁。

對有些人來說，找到自己生命的歸宿很重要，然而我想更重要的應該是，捍衛自己人格的獨立與愛情的尊嚴，別因軟弱而成了愛情的犧牲品，有時委曲求全，除了得不到應有的尊重外，反而讓自己不敢再愛，這樣值得嗎？

2. 柏舟

詩經 · 邶風

汎彼柏舟，亦汎其流，耿耿不寐，
如有隱憂，微我無酒，以遨以遊。
我心匪鑒，不可以茹，亦有兄弟，
不可以據，薄言往愬，逢彼之怒。
我心匪石，不可轉也，我心匪席，
不可卷也，威儀棣棣，不可選也。
憂心悄悄，慍于群小，覯閔既多，
受侮不少，靜言思之，寤辟有摽。
日居月諸，胡迭而微，心之憂矣，
如匪澣衣，靜言思之，不能奮飛。

　　世界上最深的寂寞並不是獨自一人，而是在擁擠的人群裡，身旁竟然沒個可說話、依靠的對象，若此時正好來到生命中的瓶頸，想必會有悵然於天地間之感。

　　如同詩歌，在深夜裡，主人翁獨自站立船頭，注視向東奔騰的溪流，想到近日來的不順遂，一肚子無法藉酒消愁的憂傷，決

定趁著此時讓神魂逍遙去也。

雖然想神遊解愁，口中卻說出滿腹心酸的話：「我的心並非鏡子，什麼東西都可接納，曾經陪伴的兄弟，如今再也無法依靠，前去訴苦卻遭一雙怒目。我的心也不是水中的硬石，隨波的四處轉動。我的心更不是座上的席草，可以任人的宰割翻折，我的尊嚴更不願讓他人差遣。」

常言道：「生命誠可貴，愛情價更高，若為自由故，兩者皆可拋。」詩人便是受不了自己任人操控的身世，憂愁悄悄地湧上心頭，也才會埋怨著不幸的災難已經夠多，遭受的侮辱也不少，卻還有人想加害於他。

埋怨無止盡的延伸，詩人抬頭望見日月，又忍不住疑問它們為何輪流的發出光芒，自己的憂愁卻像尚未洗淨衣物，會有清淨的一天嗎？然而埋怨得不到答案，於是心恨不得奮起高飛。

飄蕩的浮萍，在湖面過著顛沛流離的生活，人生也不就是如此嗎！有多少人可以活的如意順心，甚至未曾為人生煩惱呢？我想答案是沒有，看著浮萍隨波漂流或許是種文學美感，落實在人生卻也是種傷感。所以說幸運的你，若有緣找到理想的一片天，或許別太猶豫，大膽的展開雙翅高飛。

3. 北風

詩經・邶風

北風其涼，雨雪其雱，惠而好我，
攜手同行，其虛其邪，既亟只且。
北風其喈，雨雪其霏，惠而好我，
攜手同歸，其虛其邪，既亟只且。
莫赤匪狐，莫黑匪烏，惠而好我，
攜手同車，其虛其邪，既亟只且。

人生如浮雲，變化無常，沒有人能預料未來，倘若不幸遭遇危及，伸手向他人求援時，所得到的反應通常不一。有人擺出自掃門前雪的冷漠白眼，也有雪中送炭的善心好人，這善心人往往就是你的知心好友，只有他們願意陪你一起熬過這最艱辛的時刻。

就像詩歌。惡劣的環境中，呼呼的北風吹著寒冷，靄靄的白雪漫天紛飛，大地白茫茫的一片，卻與最好的朋友準備逃離災難，情況已是燃眉之急，沒有時間再猶豫不決，只有快點逃跑！

我們常用「物以類聚」、「臭味相投」，來形容兩人能成為

朋友，兩人想必有共同之處，就像「莫赤匪狐，莫黑匪烏」兩句說明天下間沒有狐狸不是紅的，沒有烏鴉不是黑的。

相似之處有好有壞，我們也會用天下烏鴉一般黑，來嘲笑一群有著相同壞習慣的人；換個觀點，他們就是因為彼此投緣才會聚集，只要把對方當作是自己的同類，遭遇困境會彼此相助，為對方犧牲也在所不惜的話，已是人生難得！「相交滿天下、知心無幾人」，倘若能遇到「患難中見真情」的朋友，人生還有什麼好喪氣的呢！

4. 黍離

詩經・王風

彼黍離離，彼稷之苗，行邁靡靡，中心搖搖，

知我者，謂我心憂，不知我者，謂我何求，

悠悠蒼天，此何人哉？

彼黍離離，彼稷之穗，行邁靡靡，中心如醉，

知我者，謂我心憂，不知我者，謂我何求，

悠悠蒼天，此何人哉？

彼黍離離，彼稷之實，行邁靡靡，中心如噎，

知我者，謂我心憂，不知我者，謂我何求，

悠悠蒼天，此何人哉？

　　世界上最為孤獨，並不是一個人生活在無人島上，而是茫茫
人海中，竟然沒個了解自己的人。

　　詩人走在田野中，看著茂盛的麥子，還有剛剛發芽的高梁，
腳步卻是遲緩沉重，內心十分不安，惆悵著：「若是明白我的
人，會說我滿腹憂愁，不明白的人，卻問我在追求著什麼？蒼天
啊，這是什麼樣的人呢？歲月消逝，麥子漸漸成穗結實，竟然還

有人繼續問：這是什麼樣的人啊？」

　　廣闊的世界，數十億人口，卻沒有人了解自己的痛苦，確實讓原本的哀愁更為加重。若你正為煩躁的時候，試著打通電話給知己訴訴苦吧！

　　朋友實在不需太多，再多的酒肉朋友比不上一個知己，知己不需要你多說什麼，便明白你的煩惱。他可能只是靜靜的聽你說話，卻知道你正在掩飾悲傷，於是主動替你安排活動，準備大瘋一場。

　　也許就兩個人騎車直奔陽明山，或者帶著你四處流浪，因為他了解說再多的廢話，不如暫時拋開惱人的瑣事，找尋重新出發的動力，充電後，又將生龍活虎。

　　可惜的是，學生時代可以如此，來到忙碌的社會，跟知己的距離卻變疏遠。所以把握相逢的時光盡情歡樂，別忘了酒逢知己千杯少，更別忘了人生難得！

5. 葛藟

詩經・王風

綿綿葛藟，在河之滸，終遠兄弟，
謂他人父，謂他人父，亦莫我顧。
綿綿葛藟，在河之涘，終遠兄弟，
謂他人母，謂他人母，亦莫我有。
綿綿葛藟，在河之漘，終遠兄弟，
謂他人昆，謂他人昆，亦莫我聞。

　　家族的觀念，中國人要比其他民族強多了，對中國人來說，家是人間最溫暖的地方，若是不幸遭逢惡運、家破人亡，或自小送給他人撫養，遠離至親的家人，家在他心中還會是如此嗎？

　　因此，沒父母的孤兒心情更是複雜啊！幸運點遇到不錯的養父母，恩同再造的感謝是少不了。但養父母的領養若是迫於無奈，或許是看在錢的份上，又或許因為社會壓力，總是心不甘情不願，也就無法抱持歡喜的心情，去迎接家庭的新成員。

　　流落異鄉的詩人，站在磅礡水勢的河岸邊，他注視著連綿不斷的葛藟，想起自己的身世。遠離了至親兄弟，還得認別人為父

親，對方卻不願領情；叫他人母親，她卻也不願伸手；叫他人兄弟，對方卻裝做沒聽到。天下之大，竟然沒個親人依靠，寂寞不斷旋繞他的心中。

然而若是想家為何不回？怕的是，家早就不知到哪去了？他擔心父母是否建在？兄弟有沒有替他盡孝道？寄人籬下的生活並不好過，現實逼得他必須低頭叫他人為父母兄弟。趁著來到無人的河邊時，他望著遠處遙寄相思，順便發洩內心積壓已久的悶氣，也唯有如此，才能讓自己有繼續活著的動力。

我們不斷在生活中嚐盡世情冷暖，受盡飄零的悲苦，但除了找尋發洩的管道外，有時不如想想，不論父母是否仍健在，他們都希望你好好照顧自己，而這也是最基本的孝道。

6. 羔裘

詩經・鄭風

羔裘如濡，洵直且侯，彼其之子，舍命不渝。
羔裘豹飾，孔武有力，彼其之子，邦之司直。
羔裘晏兮，三英粲兮，彼其之子，邦之彥兮。

羔羊，古時太夫上朝的官服，大臣每天穿著羔羊晉見國君，
商量著國家大事，於是人們用羔羊來代稱官員。

羔羊的皮袍像油般閃亮，穿它的人正直又美好，像他這樣的
人，為堅持而犧牲生命也在所不辭。羔羊的皮袍上裝飾豹皮，穿
它的人非常孔武有力，像他這樣的一個人，擔任國家的司職絕對
秉持正義。羔羊的皮袍如此鮮豔，袖口的三道豹皮多麼美麗，像
他這樣的一個人，才稱得上是國家賢才。

外表常常暗示一個人的性格，雖然並不是絕對，但至少提供
些許端倪，於是穿衣成為一門學問，有身分地位的人更是重視。
現代政府官員有沒有正式穿著的一套標準，像是開會、演講、巡
查時應該穿些什麼呢？

我想這是沒有的答案。但除了正常的西裝休閒服外，過分的

炫耀外表總是有作秀的意味，像是聖誕節有人打扮成聖誕老公公的模樣，這樣太過矯情，有時讓人忽略他所要表達的話，電視新聞報導更狠的還為他們打分數，這樣模糊焦點的做法，讓原本為人民服務的政治舞台，成為好出風頭人士的表演場所，具有內在德性的人多少淹沒在這群雜亂的聲音中。

政治除了熱心服務外，應該多點內涵思考，靠著譁眾取寵的效果贏得選票，是經不起時間考驗的。

7. 采苓

采苓采苓，首陽之巔。人之為言，苟亦無信。

舍旃舍旃，苟亦無然。人之為言，胡得焉！

采苦采苦，首陽之下。人之為言，苟亦無與。

舍旃舍旃，苟亦無然。人之為言，胡得焉！

采葑采葑，首陽之東。人之為言，苟亦無從。

舍旃舍旃，苟亦無然。人之為言，胡得焉！

苓，一種很苦的黃藥，苦則是種荼荣名，葑另稱為蔓菁，這些草都是當時的生活必需品。

「在首陽山的巔頂、山腳、東側，我辛苦的採著草，突然想起那無聊的人，除了不工作還愛製造謠言。告誡著親愛的同胞們，可千萬別輕易的相信謠言啊！應該是忘了謠言。忘了吧，那些流言蜚語是不可靠。雖然如此我還是想問，那製造謠言的人，你們究竟到底得到了什麼好處？」

常言道：「謠言止於智者。」諷刺的是，世界上並沒有大多的智者，絕大部分都僅僅是個普通人。既然是普通人，就有愛聽

八卦的人性，喜歡聽那些沒有證實的小道消息，卻不知道看似閒聊的謠言會危害到他人的性命，相傳名伶阮玲玉便是受不了謠言而自殺，並留下「人言可畏」的遺言啊。

　　追根究底，製造謠言的人就是因為有愛聽謠言的對象，即是群眾市場的需要驅使他說。倘若每個人聽到謠言，心中時時抱持質疑的態度，即便聽了也不參與討論或是傳話，甚至碰到可以求證事實的時機便問清楚，當下了解只是個謠言，久而久之，製造謠言的人發現再也沒人相信他，也就不會自討沒趣的繼續下去。

　　處在謠言的世界中，聽者的智慧總比說者來的重要，而那些被謠言中傷者，記得清者自清、濁者自濁，公道自在人心，沒有人可以逼你服用苦茶，除非你自願。

8. 墓門

詩經・陳風

墓門有棘，斧以斯之。夫也不良，國人知之，
知而不已，誰昔然矣。墓門有梅，有鴞萃止。
夫也不良，歌以訊之。訊予不顧，顛倒思予。

　　俗語說：「不聽老人言，吃虧在眼前。」這句話當然不見得
全對，卻告訴我們一個道理，經驗的累積有助於我們對事物的判
斷，當然聰明人或許靠著敏銳的觀察力就可取勝。但大多數時，
我們常常身陷困境，也不知為何的盲目了雙眼，無法以客觀的方
式解困，對於「不識廬山真面目，只緣身在此山中。」的道理全
然忘記。身旁雖然有個費盡口舌勸你的人，最後也不禁被你惹
惱，生氣的說：「以後你自會明白。」

　　「就像在墓門前長著一棵棘樹，便該用斧頭將它砍除。若是所
有人都知道有個人品行不良，卻不加以勸阻制止，這是誰從以前
就做下的錯事啊；墓門前若長了棵梅樹，樹枝便會有貓頭鷹歇
息，在深夜響起陣陣怪鳴擾人清夢。面對不良的人啊！我做首歌
來警告眾人，他們不聽我的警告，跌倒後想起已經太遲。」

我們常常當下感受不到勸說者的苦口婆心，除了充耳不聞，更是堅持己見，直到事後摔跤，猛然想起前人的警告，只能後悔莫及。

　　不過並非我們不受勸，畢竟我們只是個人。人嘛！總要親身經歷過痛楚，才會深深記得其中的教訓道理。假設從此不再犯，當自己買個學習經驗也不錯，最怕你是個執迷不悟的人，永遠的重複犯錯。

9. 黃鳥

詩經・秦風

交交黃鳥，止于棘。誰從穆公？

子車奄息。維此奄息，百夫之特。

臨其穴，惴惴其慄。

彼蒼者天，殲我良人。如可贖兮，人百其身。

交交黃鳥，止于桑。誰從穆公？

子車仲行。維此仲行，百夫之防。

臨其穴，惴惴其慄。

彼蒼者天，殲我良人。如可贖兮，人百其身。

交交黃鳥，止于楚。誰從穆公？

子車鍼虎。維此鍼虎，百夫之禦。

臨其穴，惴惴其慄。

彼蒼者天，殲我良人。如可贖兮，人百其身。

之前兵馬俑來到台灣展示，造成一股不小的旋風，但在堅硬
冰冷的泥塑外表內，不知藏著多少無辜的生命。曾聽說兵馬俑是
用活人做素材，工匠血淋淋的將活人悶死做成雕像，但後來發現

這是傳說。用大量泥像陪葬或許是秦始皇開了先例，但以活人陪葬的殘暴行為，秦始皇則非始作俑者。

詩經的詩歌便記載著以活人陪葬的習俗，秦始皇皇陵中的兵馬俑只是延續這樣的風俗。其實活人陪葬不只是中國人獨有，許多民族在他們早期的文化中也曾舉行過活人殉葬，有些人類學學者認為他們這麼做是為了讓往生者不孤單，另一個原因可能是防範活人盜墓，甚至將建造陵墓的設計師與工人都下葬，一同共赴黃泉，於是現今挖掘的陵墓可以發現一些橫死的無名屍。

這首詩也是如此，不同處在因為陪葬者是國家急需的棟樑，於是詩人做詩為這些人求情請命說：

「黃鳥停在棗樹、桑樹上，叫聲多悲涼，是誰即將跟隨穆公殉葬？原來是子車的公子奄息、仲行、鍼虎。誰不曾稱讚過他們兄弟，是難得的賢良，如今將活埋墓穴，不禁替他們膽戰心驚。蒼天在上，求求你睜開眼睛，坑殺我們的好人實在不該啊！我們願意以百人殉葬換來他們的活命。」

每個社會是該承襲優良的傳統習俗，保留祖先的文化遺產，但有的習俗則有待我們深深省思，該不該繼續保存？像韓國喜歡品嚐狗肉的習俗，我們不敢苟同，我們自己是否也仍有尚未改善的問題呢？

10. 蜉蝣

詩經 · 曹風

蜉蝣之羽，衣裳楚楚。心之憂矣，於我歸處。

蜉蝣之翼，采采衣服。心之憂矣，於我歸息。

蜉蝣掘閱，麻衣如雪。心之憂矣，於我歸說。

　　過去人們在解釋這首詩時，常會說蜉蝣指的是小人得志，憂心自己的歸處便是不得志的君子，今天，讓我們從新的觀點來欣賞吧！

　　所有生物的生命週期並非相同一致，有的可以活過上百年，有的只有幾十年，有的更是朝生暮死，只活了短短一天的光景，詩中的蜉蝣便是屬於短暫生命的生物。

　　蜉蝣的生命雖短，在牠結束生命前，至少知道自己的歸處，因此努力的展現最後光彩；反觀詩人的生命雖長，卻面對遙遙無期且不甚清楚的將來徬徨不已，難怪詩人忍不住的哀嘆：

　　「蜉蝣羽翼猶如衣裳般的光鮮亮麗，也如麻衣般的雪白潔亮，看到牠讓我的內心更憂愁啊！不知哪裡是我的歸處？」

　　世上短暫的事物不只是蜉蝣而已，曇花也是匆匆的一現，但

曇花畢竟曾發出令人讚嘆的光彩，有過亮眼的風采。

　　人的生命比蜉蝣、曇花都要來得長，但對於幾億萬年的地球來說，不也如同蜉蝣、曇花般的短暫。我們卻沒有蜉蝣清楚，清楚自己追求的目標在哪，終年過著忙忙碌碌的生活也不知為了什麼？像這樣沒有目的的幸福，只知道每天做著虛無飄渺的白日夢，擔心錢賺得不夠花，難道這就是人們口中所謂的幸福嗎？

　　活得有意義比活得長壽或有錢來的有價值吧！只知道盲目的過日子，不就像行屍走肉，縱使你活得再久、再有錢，當生命消逝的那天來臨，想必陪伴你的只有空虛罷了，別讓我們的生命比蜉蝣還不如。

11. 湛露

湛湛露斯，匪陽不晞。厭厭夜飲，不醉無歸。
湛湛露斯，在彼豐草。厭厭夜飲，在宗載考。
湛湛露斯，在彼杞棘。顯允君子，莫不令德。
其桐其椅，其實離離。豈弟君子，莫不令儀。

「濃厚的露水，沒有陽光的照射是不會消失；歡樂的夜飲，應該要不醉不歸！濃重的露水，沾著茂盛枝葉；歡樂的夜飲，在記載孝道的宗室裡。濃重的露水，沾在枸杞與棘樹；坦蕩的君子，莫不具有良好的美德啊！梧、桐、椅樹果實累累，和顏悅色的君子，莫不令人心儀啊！」

這首詩是詩人跟好友們夜飲歡唱的歌曲。說到酒，我便想起一次偶遇。

有回清晨時分，我路過台中著名的pub街，這時有群帶著微醺醉意的酒客，搖搖晃晃的走在街道。突然其中一人跌倒在草堆，他身旁的友人不但不伸手幫忙扶起，反而指著他哈哈大笑，取笑著：「就說你醉了！你還硬說你沒醉！」為了避免招惹醉漢，我

趕緊的邁步離開。

　　有的人酒品奇差無比，喝醉的模樣糗態百出，有的人喝完則是安靜地睡著，或許這些跡象某個程度反映了醉者的潛意識。

　　酒客單純嗜酒的其實不多，他們喝酒主要還是爲了紓解沉重的生活壓力，藉著酒精暫時忘記憂愁，但常常酒入愁腸更穿腸。喝酒並非唯一的舒壓方式，有的人選擇放個大假旅遊去，有的人選擇刺激的遊戲像是高空彈跳、自由落體，解放緊繃的神經，當然還有其他更多的方式，全都是舒壓的管道，酒喝多了，畢竟還是傷身。若你仍難以忘懷酒精的魅力，只要不沉醉其中，成了酒鬼，來個不醉不歸的確也是不錯的選擇，所謂「人生難得幾回醉」、「今朝有酒今朝醉」，趁機把酒言歡痛快的暢飲，管他明天又將面臨什麼樣的狀況？

12. 鴟鴞

詩經・豳風

鴟鴞鴟鴞！既取我子，無毀我室！

恩斯勤斯，鬻子之閔斯。

迨天之未陰雨，徹彼桑土，綢繆牖戶。

今女下民，或敢侮予。

予手拮据，予所捋荼，予所蓄租；

予口卒瘏：曰予未有室家。

予羽譙譙，予尾翛翛，予室翹翹，

風雨所漂搖。予維音曉曉。

　　寓言，是人們用講述故事的方式，一種便於說明人生哲理的有效方法，古今中外如莊子、韓非子、聖經等書籍，均以故事講述寓言。寓言這樣的表現方式，讓讀者十分容易的接受作者所要傳達的思想，然而我們接觸的寓言大多是故事體，很少用在詩歌中，此篇便是特殊的例子之一。

　　故事中作者把自己比喻為母鳥咒罵著：

　　「鴟鴞（貓頭鷹）你這隻凶惡的鳥，既然奪走了我的幼子，就

別再毀壞我的家！我費盡心力的勞苦，爲了養育子女而累倒啊！趁著天色未晚，還沒下雨，我趕緊的啄取桑枝，努力將窗戶修補的緊密無縫。情況已經夠糟了，樹下一群丟著石頭的人類，竟然還想欺負我！

　　我雖勞累而病了，依然啄取茅草，聚集茅草作爲底鋪，如今卻未有個建好的家。身上的羽毛漸漸稀疏，羽尾乾燥的失去光澤，家受到風雨侵襲而搖搖欲墜，我恐懼的哀嚎又有誰聽見。」

　　一件自然的事物，經過寓言家施展魔法，成了一則動人的故事。可憐的母鳥失去心愛的幼子，連傷痛都還來不及撫平，又將面臨下一個挑戰，無情的風雨侵襲家園，卻只能無奈的待在鳥巢中哀嚎，聽到的人怎麼不替牠難過！

　　當我們連續遭受意外的傷痛打擊，常常會怨天尤人的怪罪這、埋怨那，原是很正常的心理。只是這打擊有的自上天降臨，如暴風雨；有的則是人爲造成，就像詩中貓頭鷹（強權）食子（弱者）。

　　我們無法阻止悲劇不發生，畢竟在廣大的世界中，人力是如此的微弱。除了換個開朗的角度思考外，也只能學學詩人，試著將不滿現實的控訴與感嘆世界的無奈，化爲一首首動人詩歌，讓它永遠的流傳，也爲他的曾經作見證。

13. 鴻雁

詩經・小雅

鴻雁于飛，肅肅其羽。

之子于征，劬勞于野。

爰及矜人，哀此鰥寡。

鴻雁于飛，集于中澤。

之子于垣，百堵皆作。

雖則劬勞，其究安宅。

鴻雁于飛，哀鳴嗷嗷。

維此哲人，謂我劬勞；

維彼愚人，謂我宣驕。

記得國中時期班上來了個轉學生，經他自我介紹後，才曉得原來因為他父親的工作，光是國中便轉了五個學校，老師也因此特別叮嚀我們要多關心他，原本班上同學擔心不知道如何跟他交談，幸好他本身的個性開朗，很快的便把他當作全體的一份子。

有回我問他：「你這樣的轉學不累嗎？」他露出燦爛的笑容說：「就當自己是隻雁子，不就好了！」他輕鬆的回應，讓我尷

尬的笨問題就此打住，也讓身旁為我著急的同學鬆了一口氣，至今，他開朗的回答深深印在我腦海。讀到詩經的這首詩，我忽然想對他說聲抱歉。

「雁子不停的振翅高飛，就像那群離鄉奔波、失去親人的可憐人啊。那南來北往的大雁飛累了，聚集在湖澤中有了安身之所，猶如可憐人辛苦的築牆造屋，終於可以安居。大雁飛翔的鳴叫，好比那可憐人在外流浪時唱的歌，只有通情達理的人才明白，那是無處安身的淒苦之音，惟有愚笨的人說他喜歡發牢騷。」

由自然界的角度來說，雁子是屬於候鳥型的生物，隨著季節變遷而流浪，於是對那些必須流浪異地的人，看到了雁子就想起自己也是四處遷移，甚至傷心著雁子還有家人可以陪伴，自己卻是孤獨一人，淒苦之餘有時還莫名的招惹閒話。

了解人對雁子的投射後，我深深的對國中同學感到抱歉，當他四處求學時，還得辛苦的一次又一次重建人際關係，而我卻傷了他。讀詩的同時，我似乎可以碰觸到他的痛，希望現在的他可以不用再流浪。

14. 既醉

詩經·大雅

既醉以酒，既飽以德。君子萬年，介爾景福。

既醉以酒，爾殽既將。君子萬年，介爾昭明。

昭明有融，高朗令終。令終有俶，公尸嘉告。

其告維何？籩豆靜嘉。朋友攸攝，攝以威儀。

威儀孔時，君子有孝子。孝子不匱，永錫爾類。

其類維何？室家之壺。君子萬年，永錫祚胤。

其胤維何？天被爾祿。君子萬年，景命有僕。

其僕維何？釐爾女士。釐爾女士，從以孫子。

　　國君的壽誕筵席上，有位微醺的大臣，高舉著酒杯歡唱：「我因爲酒而醉了，因爲君王的德性而溫飽。祝君王萬壽無疆，天賜大福。我喝了小酒而稍微醺醉，佳餚細細的品嚐，祝君萬壽無疆，天賜光明。光明中和樂融融，因爲君子的德高而善終，善終是因爲君之善始。祖先曾贈嘉言。嘉言說了什麼？說祭祀時滿佈佳餚，朋友伸手相助，增添君王的威儀。威儀甚好時，還有孝子相伴，孝子永遠不會少，天賜君子後嗣不絕。後嗣又如何？齊家

有良方，祝君王萬壽無疆，永賜福分恩澤後代。恩澤又如何呢？
天賜福祿，祝君萬壽無疆，天命賜君多奴僕，僕人多又如何？賜
予你男女，賜予你男女，跟從你的子孫萬、萬、年。」

「人生七十古來稀」。過去因為戰爭、生病……等因素，能夠
活到五六十歲，就是大壽，是件值得慶祝的事，於是上層階級的
人通常會舉行壽宴，邀請眾家親友共同分享喜悅，順便期望壽星
能迎接下一個大壽。

參加的人總要對壽星說幾句吉祥話，如「福如東海，壽比南
山。」希望壽星能活的常常久久，若是壽星為一國之君，那慶祝
的盛況便可想而知了。

誰不想長命百歲，誰又不想過著富裕生活，但當日子被瑣碎
的雜事給充滿，活著會不會是種負擔？詩說君王善始所以善終，
不就是叫我們明白，別讓生活失去意義，人生日記裡不只是要填
滿食衣住行，還有其他更要的事啊。

15. 北方有佳人

李延年

北方有佳人，絕世而獨立。
一願傾人城，再願傾人國。
寧不知傾城與傾國？佳人難再得！

　　他離開熟悉又陌生的地鐵出口，朝著來來往往的人群前進，曾經佇立等候的公車牌旁，小販仍舊為了維生持續不斷的叫賣著，而早先溫暖的雙手已然孤單，如今手中緊握的是冰冷的手機及撥不通的電話號碼，待在沒有她的城市，繼續嗅聞著過往的味道。

　　當年離鄉背井的他來到台北，準備為將來打拚奮鬥時，卻遇上了動人的她，陷入不可逃脫的情惘。清新脫俗的她在俗世中獨具風格，多少男子敗倒在她的石榴裙下，連億萬富翁都獻上香車珠寶任由挑選，只為獲得佳人的芳心。然而她獨獨挑上一無所有的他，甘願的陪著他吃著五十元的便當，住在陳舊的公寓。

　　背負生活重擔的他，原想在工作力求表現，誰知時不我予，反而受盡莫名的窩囊氣，漸漸他拖著疲憊的身軀回到家中，管不

住暴躁脾氣，四處發飆，她卻容忍了一切。無奈上司持續無理剝削，讓他不甘受氣的決定辭職，此後卻長期失業。

日子仍要過，有天他突然發現，她悄悄地動用自己的存款以便繼續兩人世界，頓時他像颱風過境似的瘋狂破壞，不一會只剩滿地殘破。等到回過神來，發現她那雙驚慌失措又略帶恐懼的雙眼，才猛然驚覺他剛剛的破壞行為，羞恥的奪門而出，好幾天不敢回家，害怕再次面對不再明亮的雙眼。

後來他發現屋內又恢復以往的乾淨，卻不見她迎接的笑臉，才明白他多倚賴她的存在。此後他卻再不曾見過她。現在的他小有成就，身旁環繞著各式美女，也遊歷過各地，卻仍眷戀當初相遇的城市，汲取著她殘留的氣息，對他而言，那是維持他活著的氧氣。

魯迅的一篇文章〈傷逝〉與這個故事大同小異。訴說愛情的世界中男人總不如女人勇敢。換個方式說，愛情對女人來說比什麼都重要，當抉擇未來的路時，男人優先考慮的不是愛，而是其他更多的外在因素，也因為如此，男人即便有機會可以與所愛共度一生，最後卻常常失去對方，縱使以一切力量想要破境重圓，也只空留「佳人難再得」的遺憾。

16.
怨歌行

班婕妤

新裂齊紈素，鮮潔如霜雪。

裁為合歡扇，團團似明月。

出入君懷袖，動搖微風發。

常恐秋節至，涼飆奪炎熱。

棄捐篋笥中，恩情中道絕。

　　中國早期的扇子是圓形，所以稱為團扇，有的扇因由齊國美麗的紈素做成，所以又稱齊國扇。齊國的扇鮮亮潔白如同霜雪般，又如明月團圓，扇面常繡上對稱的圖案花紋，故有個十分討喜的雅名，「合歡扇」。

　　古代可沒有電風扇或冷氣，每到炎熱的夏天，只能單靠人力搖著扇子，鼓起陣陣的微風來消暑。於是每個人隨身都有枝小扇子，小的剛好藏在袖中。詩人便是從小團扇得到了靈感，寫下這首詩怨歌行。

　　「酷熱的天轉眼過去，微涼的秋風漸漸吹起，落葉也準備繽紛散落，曾經陪伴你度過酷熱的團扇，想必也已收起擱在箱底了

吧。你如此對待扇子，按理推論對人的感情也是如此嗎？是不是也會隨著季節的變遷，改變了喜好。就像再有感情的扇子也只能永遠塵封在不見天日的箱底，我在你心中的地位是不是也到此為止。」

多愁善感或許不是每個詩人必備的特性，但從身旁的瑣碎之事去描述人類的至情，卻是詩人的專長。就連如此簡單的一個小扇子，都讓詩人聯想到感情的世界中，有人總是輕易的改變心愛對象，質疑世間有真情嗎？紅顏老去後，還能獲得寵愛嗎？

詩人對愛的質問，想必許多人也感同身受。然而無情的真是歲月的流逝或容顏的老去？別傻了，無情的最是多變的人心啊！

17. 詠史

班固

三王德彌薄，惟後用肉刑。
太倉令有罪，就遞長安城。
自恨身無子，困急獨煢煢。
小女痛父言，死者不可生。
上書詣闕下，思古歌雞鳴。
憂心摧折裂，晨風揚激聲。
聖漢孝文帝，惻然感至情。
百男何憒憒，不如一緹縈。

　　月色高掛天際，光照在伸手不見五指的大牢，牢裡飄著令人
作嘔的污穢味，早已習慣的獄卒不受影響的坐在出口，打著瞌睡
補補眠。

　　地牢深處則傳來一陣輕微的書寫聲。是位白髮斑斑的老人，
坐在地上，用討來的紙筆，寫著被判入獄的無奈。

　　究竟是什麼的罪，讓年邁老翁孤苦伶仃的獨坐牢房，他膝下
子女又在何處？半夜不睡是寫著什麼？除了無奈外，還寫著遺囑

嗎？還有他又是誰？

聽過緹縈救父嗎？老先生正是緹縈的父親淳于意。他擔任過朝廷的太倉令，在漢文帝掌朝時，有人告發他，說他觸犯法律，漢文帝不明就理的相信，迅速的將他逮捕入獄，班固就是模擬他的心情，寫下這首詩。

「從夏商周三朝的開國君王後，後繼者德行漸漸的淡薄，所以皇帝們訂立了嚴苛肉刑。我這位太倉吏莫名的獲罪，被捕後很快的被押解到長安。痛恨自己沒有兒子般，有了急難也無人搭救。女兒緹縈悲痛外，也擔心我就此死別。」

孝順的緹縈知道了父親被捕後，雖然身為女流之輩，擔憂的讓她不顧家人反對上奏朝廷，一見皇上便說：「過去詩經中有〈雞鳴〉、〈晨風〉等睿智女子，如今擔憂的心就像要將我摧裂一般，所以斗膽的上書學習她們。」

緹縈捨身救父的孝心感動漢文帝，不但釋放淳于意，甚至廢除肉刑等不人道的刑法。緹縈救父讓人佩服的，不只是突破重重困難的冒險行為，也是身為女兒的她竟然比男性更為勇敢。

別以為柔弱是女人的代名詞，有時候女人在危機處理表現的比男人更好，班固最後的詩句不也責罵，世間眾多的人子的愚笨，比不上一個女子緹縈。

18.
臨終詩

孔融

言多令事敗，器漏苦不密。

河潰蟻孔端，山壞由猿穴。

涓涓江漢流，天窗通冥室。

讒邪害公正，浮雲翳白日。

靡辭無忠誠，花繁竟不實。

人有兩三心，安能合為一。

三人成市虎，浸漬解膠漆。

生存多所慮，長寢萬事畢。

　　話常常不能多說，所謂言多必失。不小心說錯了話，往往為了補救，結果把說錯的話變成了謊言，既然都已說謊，就想要說更多的謊來圓謊，瞬間謊言如同滾雪球般越滾越大，最後終於向自己反撲。

　　孔融不也說：「言多令事敗。」話說得太多，就無法控制每句話都說對，就像一個有漏洞的器具，再怎麼重新裝填終有洩底的一天。

河坊會有潰堤，常常是因螞蟻般的小孔造成；山嶺會有崩壞，是因為猿猴胡亂造的小穴，小的地方不仔細注意，都將可能釀成大錯。

　　當然有人會狡辯的說，自己小心翼翼的處處提防，所以絕對不會發生這事。但許多事並非自己可以掌控，像讒言好了，當它開始妨害公正，就像浮雲遮蔽了白日，使白日漸漸失去原有的光芒；若是你別有二心，所說的話就會變得虛華，毫無忠誠可言，像花開的繁盛卻不結果，你如何解釋這事的發生呢？人若已三心二意，是無法再讓他收心而專一。

　　三人成虎的故事不就是最好的例子。魏惠王最先不也是不相信市集裡怎會有老虎，然而說的人漸漸多了，信心也就受到動搖。這事在人世間可多了，也只有等到長眠黃泉，才能萬事皆休啊！

　　謠言止於智者，這話常常被人擺在嘴邊，但做到的人實在太少，尤其每個人都少了求證的心，習慣性怠惰的依賴別人，所以只要多數人都抱持相同的想法，就盲從的跟隨，錯也就從此生根了。

19. 蒿里

漢樂府

蒿里誰家地？聚斂魂魄無賢愚，
鬼伯一何相催促，人命不得少踟躕。

　　人終將難逃一死，那個極度現實的終點站，然而這只是肉體
軀殼的時間到了，精神上的靈魂正開始另一段旅程，如果能夠有
這樣樂觀的生死觀當然很好，然而悲觀的我卻又不禁要問，往生
者死後又將何去何從？

　　佛教有個冥府，冥府掌管冥間的事物，每個生命結束後都得
先至冥府報到，再依據生前的行為判定接下來的方向；是否成
佛？重新的打入輪迴？還是下十八層地獄。

　　佛教尚未傳入時，中國本身也有這樣的世界，如民間故事流
傳的泰山、蒿里等地，是專門收容來自四方的鬼魂，這也就是詩
人所問的：「蒿里誰家地？」

　　死後究竟是什麼樣的世界？究竟是誰在冥冥之中掌管生死？
又為什麼如此平等對待眾人，不論他生前是賢是愚是貧是富都難
逃一死。

的確，不管生前每個人智慧上有高低之分，物質上有富貴之分，身分上有貴賤之分，往生後都毫無例外的聚集在蒿里，可見此地的主人是多麼好心。然而若真好心，為什麼又派鬼伯催促人們趕赴蒿里呢？像是早已決定了死期，絕不讓人耽擱拖延，如同俗語：「閻王要人三更死，決不留人到五更。」人嚥下最後一口氣時，也是跟著鬼又離開的時候，哪能讓人緩個幾步呢？

　　每個人都在爭取，爭取自己想要的平等待遇，卻沒有試著想過，有那麼多事好爭嗎？我們老祖宗幾千年前便說，上天早已為人們找到最平等的事，就是那生命的旅途終點。

20. 長歌行

青青園中葵，朝露待日晞。

陽春佈德澤，萬物生光輝。

常恐秋節至，焜黃華葉衰。

百川東到海，何時復西歸。

少壯不努力，老大徒傷悲。

　　「少壯不努力，老大徒傷悲。」是長輩們常常勸勉我們的話，但該努力的又是什麼呢？是盡情的享受青春時光或是及時行樂嗎？我們仔細的品嚐這首詩後，或許可以得到解答。

　　庭園中，葵花開得好茂盛，朝露看似將要蒸發，和煦的春天早已散佈德惠恩澤，萬物才得以發出耀眼的光輝與欣欣向榮的青春。

　　然而憂心重重的詩人，卻將時間往後推了幾個月，望著生命力強盛的春天，擔心的是還未到的秋天。他恐慌秋季來時，繁盛的枝葉開始凋零、飄落、衰謝，大地蕭條、萬籟俱寂，也恐慌浩蕩奔騰的溪流百川，向東匯流大海，什麼時候才可能再回到西邊。

由此得知，詩人勸我們當下努力。歲月不停的往前推進，萬物也跟隨著改變，人當然不例外。人的無奈是，許多事就像浩蕩奔流的江水，再也無法重新西歸，唯一能做的只有掌握現機，努力奮鬥。

　　有人說覆水難收。別以為時間永遠有剩，很多時候當我們想為某人或是某事做些努力，人卻到了白髮蒼蒼的中年，心有餘而力不足，只能在孤獨的夜，空對著明月繁星，不停的發出惋惜，懊悔著當初。

　　若不想如此，就該趁著年輕多想想，如何好好運用稍縱即逝的短暫青春，為它塗上豐富的色彩，而不只是任由它從指縫中溜走，這才是「少壯不努力，老大徒傷悲」的真正意涵。

21. 梁甫吟

漢樂府

步出齊城門，遙望蕩陰里。

里中有三墳，累累正相似。

問是誰家墓，田疆古冶子。

力能排南山，又能絕地紀。

一朝被讒言，二桃殺三士。

誰能為此謀？國相齊晏子。

這首詩有段歷史故事得說說了。

　　相傳春秋時代的齊國有三位勇士，分別是田開疆、古冶子、公孫接，他們同時效忠於齊景公門下並且建下不少的功業。當時的相國是鼎鼎大名的晏子，朝中無人敢對他不敬，這三個粗線條的勇士卻不小心得罪了晏子，從此晏子的心耿耿於懷，想盡辦法在齊王面前進讒言陷害三人。若齊君是個英明聖主，晏子的計謀還不至於得逞，但昏庸的齊王竟然不察，全然相信，下令由晏子負責處理此事。

　　於是晏子設計了一個陷阱：他假藉名義說要犒賞三位將軍，

給了他們二顆仙桃並要他們自行決定誰的功勞大，誰就可以服用仙桃。

　　三人聽完後，公孫接與田開疆便先行搶功，說自己的功業值得賞桃，便各拿一顆桃子，古冶子最後才開口說自己的功勞比兩人都大，所以應該給他，然後拔劍相向。先拿的兩人聽完後，對於剛剛行為都感到羞愧，認為自己的功業小卻爭桃吃，是貪念；爭桃的行為不對又不敢面對，是無勇。最後相繼自殺而亡。古冶子瞧見自己才拔劍爭桃，還沒動武卻讓兩人羞愧而死，自覺是個不仁不義之人，最後也跟隨兩人身亡。

　　好個晏子，不動一刀一槍，便讓武力過人的將軍相繼自殺，詩歌便是以這樣的故事作為背景，內容則有待我們深思。

　　常常我們一見利益，便龍爭虎鬥的爭食，卻忘了爭鬥的意義在哪？讓背後操縱的主謀或是讒言者樂的計謀得逞。和平的競爭是進步的動力，但有時想想是否只有競爭這條路才行得通？這樣的競爭是否讓自己走進了死路？近視短利，是每個人都會犯的錯，如何的看穿則考驗著每個人的智慧，別讓自己成為他人的棋子，走入他人設下的陷阱中。

22.
蜨蝶行

漢樂府

蜨蝶之遨遊東園，奈何卒逢三月養子燕，

接我苜蓿間。

持之我入紫深宮中，行纏之傅榑櫨間，雀來燕。

燕子見銜哺來，搖頭鼓翼何軒奴軒。

　　春風吹過了大地，悄悄帶來百花的芬芳，輕盈的蝴蝶翩翩飛
舞，遨遊在嶄新的花叢，為它們傳播著希望種子，整個世界充滿
新的氣象。

　　然而在美好的春天中，生物界卻為了生存繼續的戰鬥。為了
三月新生的幼燕，母燕不停的盤旋青空尋找食物，突然發現蝴蝶
的蹤影，很快飛身直撲而下，一口銜住蝴蝶，接著揮動翅膀飛往
紫深宮中。

　　燕子不停的飛，穿梭在纏附大樑拱柱間，與迎返來往的燕群
擦身而過，慢慢地來到燕窩旁，窩中的幼燕瞧見燕子帶了佳餚回
來，高興的搖頭，鼓動著未豐的羽翼，口中還發出「何軒奴軒」
的叫聲。

平常我們若分別注視燕子、**蝴蝶**的飛舞，可能是帶著悠閒的心情，去欣賞各自獨特的翩翩美感。然而當兩者碰撞一起，引發的卻是生物本能的掠食，一幕生死瞬間的戲碼頓時上演，爭鬥後，將只剩血淋淋的場面，過去早先的美感可能就此幻滅。

　　這不就是你該認清世界的本質嗎？自然界本來就有它運行的道理，動物的悲慘歡喜都是人投射的心理反應。就像詩人所寫的恐怕不只是自然現象，而是將自身的命運放入故事，所以將詩歌設定在宮中發生，或許就是為了宮裡的某些人代言發聲吧！

　　原本天真活潑的女子，無端的讓皇帝招入宮裡伺候著皇族，她們就這麼過了一生，詩人心中忍不住替她們發出哀怨的聲音；藉此或許也埋怨朝中之人，不管他人意願的無情掠奪，將女子囚禁在深宮苑裡，也就是控訴斷送他人一生的劊子手。不管是哪一個可能，這樣的劇碼似乎不停的在歷史上演，尤其在華麗輝煌的深宮中流傳著「深宮多怨女」，華麗的外貌背後有多少的悲劇正在上演？

　　有些人外表看起來光鮮亮麗，然而內心卻是不自由的，因為她生活在鎂光燈下，時時刻刻有人替她拍照寫日記，一有差池，眾所皆知，這樣的壓力和痛苦是常人無法理解的，所以當個普通人，也有普通人的幸福。

23.
烏生八九子

漢樂府

烏生八九子，端坐秦氏桂樹間。

唶！

我秦氏家有游遨蕩子，工用睢陽彊、蘇合彈。

左手持彊彈兩丸，出入烏東西。

唶！

我一丸即發中烏身，烏死魂魄飛揚上天。

阿母生烏子時，乃在南山巖石間。

唶！

我人民安知烏子處，蹊徑窈窕安從通。

白鹿乃在上林西苑中，射工尚復得白鹿脯。

唶！

我黃鵠摩天極高飛，後宮尚復得烹煮之。

鯉魚乃在洛水深淵中，釣竿尚得鯉魚口。

唶！

我人民生，各各有壽命，死生何須復道前後。

當我們遭遇困頓之時，若能安慰自己：「沒關係！反正每個人命中都會遇到，我只不過是比別人早。」的確是樂觀的想法，然而是真的釋懷過後的開闊胸襟嗎？還是自欺欺人、不肯承認犯錯；若是後者，想必會讓自己陷入重複的危機。

　　剛剛產下八九子的烏鴉，端坐秦家的桂樹上。忽然被秦家的浪蕩子用睢陽弓配合蘇合彈丸，不斷的左右攻擊，結果一個不小心射中，嗚呼哀哉的魂歸天府。牠臨死責怪著自己：「當初在南山處生活的好好，哪會兒有人知道我們的藏匿處，那險峻的地方即便知道了，也無從攀爬起，偏偏自己就要搬到接近人類的桂樹。」

　　原本詩歌可以在悔恨中結束，但烏鴉卻轉個念頭，想到白鹿、黃鵠、鯉魚，不也是在上林處或高飛或深潛，卻都逃不出人類的追捕，反正生命總是有靜止的那天，何必強分誰前誰後呢！

　　意外的歸天應該是個人因素造成，順便提醒其他同伴別再犯同樣的錯，竟然用人煙絕跡處的動物仍被人類所獵捕，作為自己生前最後的慰藉，豈不荒謬。死於非命的烏鴉難道不像那些消極處世、無所用心的糊塗人嗎？

　　這首詩不也諷刺人類總對動物無止盡的殘害。試看多少保育類的動物淪為老饕的最愛，而幾乎在地球上消失。當我們活的更便利、更享受時，回頭想想是否該注重別人的生活權？

24.
枯魚過河泣

漢樂府

枯魚過河泣，何時悔復及。
作書與魴鱮，相教慎出入。

　　枯魚，簡單來說就是乾掉的魚。詩一開始就讓人感到納悶，甚至摸不著頭緒，為什麼一條死掉的枯魚還可以過河？再者，既然已經死亡怎麼又會哭泣？還可以自責著：「何時後悔還算來得及？」甚至還能寫遺書給魴鱮，要牠們以後得謹慎小心出入，別讓人給捕獲了。

　　其實我們試想一場景，場景中有個漁翁捕到魚後準備回家，為了好拿，便把捕到的魚用桿子綁起，然後扛在肩上的走，剛剛捕獲的魚兒身上還滴著水，有的水從他的眼睛滑落，這不就像魚兒在哭嗎！

　　然而牠為什麼哭泣呢？詩人替牠找了個現實的理由，便是牠不小心讓漁夫捕獲，從此命將休矣！詩人繼續延伸這個想法，而夢幻的想牠會不會留有遺書？若有會寫些什麼內容呢？因此在詩人腦海形成了這首詩。我們可以猜想，詩人恰好遇到了極為艱難

的危機，甚至嚐到慘痛的苦果，於是藉著魚兒臨死前的遺言，告誡後人千萬別跟他犯同樣的錯，記得要引以為鑑。然而從古至今，即便先人留下多少智慧的名言，我們卻看到錯誤不斷重複上演，似乎話未曾真正提醒後人。

　　這就是代溝吧！在我們年輕氣盛時，總聽不進任何勸諫，情緒性的認為：「你們為什麼要用過去的規矩來侷限我，時代已經不同了！」前人的苦口婆心，全都拋在腦後，聽而不聞，直到別人告誡的事終於靈驗的發生，成為痛苦的經驗後，才悔不當初的說為什麼不聽他們的勸。

　　若真的是這樣，難怪枯魚告誡的事，永遠接二連三的不斷發生，若是你，你會聽勸嗎？

25. 箜篌謠

漢樂府

結交在相知，骨肉何必親。

甘言無忠實，世薄多蘇秦。

從風暫靡草，富貴上升天。

不見山巔樹，摧杌下為薪。

豈甘井中泥，上出作埃塵。

　　人的交往重在相知相惜，即便沒有至親的血緣，卻有至親的情感。但這樣的情感並不是建立在漂亮的話。漂亮的話往往動人心弦，如同美妙歌聲讓人著迷，然而有些話卻是金玉其外、敗絮其中，再好聽也不是發自內心，多是敷衍的表面話，人不應該這樣經營感情，感情該是彼此坦承相對。

　　諷刺的是，多數人似乎不懂這樣的道理，多半像天花亂墜的蘇秦，盡力的討好上司、長官、老闆等有利益可尋者，希望藉此能一飛沖天。詩人對這樣的人便極力諷刺。

　　無根飄揚的草，可以盡情飛舞天際，就像尾隨他人的富貴而登高，但這樣的草難道不曾見過，越是高山巔頂的樹，越是成為

火爐中的柴薪。草爬的越高，一旦掉落，會跌的更痛。然而若是紮有根基的小草，即便強風吹襲，也只是暫時的低頭搖擺，很快就會挺直腰桿。若由你決定，你會選擇作哪種草呢？

　　每個人都有理想目標，有人不甘心屈就現在的職位，努力找尋往上爬升的時機，但當理想目標越是接近成真的時刻，越該步步為營、小心謹慎，否則在通往理想目標的道路上，那些有心阻礙你的人，正準備用糖果包裹的謊言，來絆住你既定的步伐。

　　我們無法預知他人何時陷害自己，尤其是用無法防範的巧言令色，只有盡可能別讓自己蒙蔽雙眼，試圖從小細節去分辨對方的話。

　　或許你像詩人所說，不甘心永遠作為井中的泥巴，努力想讓自己改頭換面，成就一番大事業。然而有沒有想過，你的脫胎換骨或許只是成為井上的塵埃。學著認清自己的本質，做自己能力可及的事，別太過幻想，也別讓小人有機可趁。

掌握紊亂的情緒

身心靈的磁場跟著你的情緒
波動,學習呼吸跟吐納,不
再任意起伏。

1. 擊鼓

詩經・邶風

擊鼓其鏜，踊躍用兵，土國城漕，我獨南行。

從孫子仲，平陳與宋，不我以歸，憂心有忡，

爰居爰處，爰喪其馬，于以求之，于林之下。

死生契闊，與子成說，執子之手，與子偕老。

于嗟闊兮，不我活兮，于嗟洵兮，不我信兮。

「執子之手，與子偕老。」恐怕是天下有情人最希望的事。世間還有什麼比與心愛的人白頭到老更為幸福呢！然而令人意外的是，最先說這話的當時，可不是在花前月下的浪漫氣氛，而是在驚心動魄的戰爭時代。

詩一開始生動描寫，從城牆傳來急促的擂鼓聲，鼓舞著戰士們的士氣，有人準備投身戰場保衛家園，有人留至城內看守城漕，卻有人朝南方離開城池，作者便是往南邊離開的那群人。

不明究理的人會質疑，他應該是個貪生怕死的傢伙，所以離棄了家族、親友及心愛的人。然而離開眾多親友的人並不是貪生怕死，實際上是另有任務，作者藉詩緩緩說出離開的原由：

「我跟隨著將軍的孫子子仲，前往調平陳國與宋國的戰事，雖然家中戰火如荼，但軍令不許我回家，我憂心重重又有誰知道？軍隊來到紮營處，才綁好了帳棚，回頭卻發現馬兒不知何時走失了，為了找尋爭戰多年的好友，我按著馬蹄四處尋找，不知不覺來到了一片樹林。林中的美景，讓我恍惚又回到兩人約定三生的地方，想起在生死關頭曾對你說：『執子之手，與子偕老。』唉！離開多日，相距如此遙遠，並不是我不守相見的信用。然而戰爭若是不結束，恐怕我無法實現諾言。」

一段感人肺腑的話，剛開始誤解他偷跑的想法，我想也會因這段話轉而替他惋惜感嘆，甚至替他感傷，感傷他與情人的海誓山盟因為戰爭顯得憔悴。或許詩人在樹林空嘆，是衷心期盼對方別誤會他忘了承諾，對他來說，最大的無奈是戰爭結束的那天沒有個定期。

像這樣有緣無份的佳偶，承受多少離別之苦，而彼此相愛的信念卻更加堅定，反觀現今，男女朋友的誓言，像掉落滿地的枯葉，微風一吹，便消失無影無蹤，兩者是多麼強烈的對比。

2. 終風

終風且暴，顧我則笑，謔浪笑敖，中心是悼。

終風且霾，惠然肯來？莫往莫來，悠悠我思。

終風且曀，不日有曀，寤言不寐，願言則嚏。

曀曀其陰，虺虺其靁，寤言不寐，願言則懷。

　　窗外，狂風不停的吹，整個大地瀰漫在塵沙中，這樣的光
景，勾起作者記憶中的某段歲月：

　　「還記得你常帶著迷人笑容，與我並肩坐在庭院聊天，你詼諧
的話常逗的我開懷大笑，其實你並不知道，我的心總是悄悄擔憂
未來，沒想到擔憂的事終於發生，你一去不回。距離上次相聚已
過許久，不曉得你今天會不會出現，離別後的悠悠思念多麼令人
哀傷。」

　　情人間常常才剛剛分手，便急著想知道對方在做什麼。他不
知道安全回家了沒？一回到家，電話便響，心猜是不是他打來
的？若是突然分手，對方從此毫無消息，那顆思念的心想必無法
安定，每天戰戰兢兢的生活。等待中，有時暗自想起過去歡笑的

[100] 古詩，我的能量補給

日子，安慰寂寞的心房，直到看清情人不會再出現，才承認自己早已被對方遺棄。但痴傻的詩人卻還想不透，怪罪狂風讓情人不能前來，不願相信情人已經變心！

這是猜測，或許詩人不是沒猜到對方另結新歡，但無法忘懷的是過去的記憶。於是寂靜的夜，詩人清醒未眠，望著窗外狂風吹來的烏雲，遮住了月亮的光芒，打開了窗，冷風呼呼的吹，吹的她不禁打起噴嚏。突然，夜空傳來隆隆雷聲，雷聲讓她擔心對方的安危，偷偷在內心禱告，希望遠方的他平安，禱告中更期望他的心中此刻也在想我。

人說：「紅塵自有癡情者，莫笑癡情太癡狂，若非一番寒徹骨，那得梅花撲鼻香，問世間情為何物？直叫人生死相許⋯⋯」相信只要你嚐過愛情的苦澀，勢必能更加體會愛情的甜蜜。

3. 谷風

詩經・邶風

習習谷風，以陰以雨，黽勉同心，不宜有怒，
采葑采菲，無以下體？德音莫違，及爾同死。
行道遲遲，中心有違，不遠伊邇，薄送我畿，
誰謂荼苦，其甘如薺，宴爾新昏，如兄如弟。
涇以渭濁，湜湜其沚，宴爾新昏，不我屑以，
毋逝我梁，毋發我笱，我躬不閱，遑恤我後？
就其深矣，方之舟之，就其淺矣，泳之游之，
何有何亡，黽勉求之，凡民有喪，匍匐救之。
不我能慉，反以我為讎，既阻我德，賈用不售。
昔育恐育鞠，及爾顛覆，既生既育，比予于毒。
我有旨蓄，亦以御冬，宴爾新昏，以我御窮，
有洸有潰，既詒我肄，不念昔者，伊余來塈。

　　對婚姻傷心的理由眾多，然而最傷心的莫非是男人喜新厭舊。杜甫的詩歌：「但見新人笑，那聞舊人哭。」說的就是這件事。

在父權社會，男子可以喜新厭舊，擁有三妻四妾都還算少，做為妻子除了忍氣吞聲的接受外，還得幫忙丈夫照顧家裡，流下的淚只能往肚裡吞。

女子身在山谷，強風陣陣作響，驟雨傾盆而下。女子雖知丈夫不再愛她，還是勉勵自己要與對方永結同心，勸自己別讓怒氣阻礙了幸福。然而越想越氣的她，一邊採著蔓草、菲草，一邊憤怒的把根葉拔個精光，說服自己別違背生死與共的誓言，在暴風雨中，想起了丈夫送她出門的情景。

「我緩慢走在送行的路上，內心滿是惆悵，不求你送我到遠處，哪知你竟吝嗇的只走到門口。到底是誰說荼汁很苦，我嚐來卻如薺草般甘甜。我在外辛苦，你在家像新婚般快樂，跟她如兄弟般親密。」

想到這，女子的怒氣衝天，手中的草支離破碎。她抬頭看到前方的溪水，不禁嘆氣說：「涇水流到渭水變的混濁，其實水底仍清澈如昔。你們縱使盡情歡樂，也不需要毀謗我啊！千萬別去我建的魚槽，也別碰我編織的魚網。眼前我無法見客又怎麼顧及往後的日子。生活中若遇深流就用小船、木筏渡河，淺溪的話用游的也可到達對岸。想想過去家中日需用度，都是我想盡辦法勉強求來，如同村裡若有喪家，我也會爬著趕去幫忙。」

這麼為家庭著想的女子，是個百年難得的好妻子，卻遇人不淑，在當時的社會禮俗壓力下又無法離開對方，心中暗自的埋怨：「你不能體恤我的心血，反而把我當作仇人，不但拒絕我的好意，還像買了東西卻不用的糟蹋，我過去的生活雖然憂慮困苦，仍咬緊牙根的跟你艱辛熬過。好不容易熬到生活漸漸好轉，你卻視我為毒蛇猛獸。我準備好糧食，來度過嚴寒的冬季。誰知你們快樂的新婚，竟是用我的積蓄抵擋窮困。不只如此，還對我動手動腳，將痛苦全都加諸在我的身上。可恨的丈夫你完全不念舊情，我不禁想問：『你還愛我嗎？』」

　　的確不能怪女子會詢問丈夫：「你還愛我嗎？」試看世間多少的富有男子，都有那曾與他共同打造家園，跟著吃苦受罪的結髮妻子。她們最後的命運，卻像被打入冷宮般的孤寂。奉獻青春歲月，如今頓時成為泡影，有的還不敢大聲哭喊，趁著下雨天，偷偷的讓淚順著雨水滑落。

　　或許是社會的演變，也或許是女權的高漲，如今的女子大多懂得要為自己爭一口氣，活出一片天，更懂得要適時的走開，不要再陷在那種只會埋葬自己一生的婚姻裡。

　　然而儘管現代女子比古代的人堅強多了，被丈夫虐待或拋棄的事件仍層出不窮。仔細推敲其中的原因，不是自己沒有謀生能

力，就是心腸仍然太軟，說穿了也就是看不清自己，寧願選擇在爛泥沼裡翻攪，終至一輩子不得脫身。

聰明的女子在尋找一個自己鍾愛的伴侶時，千萬也要想想對方是不是也同樣疼愛自己呢？

4. 載馳

詩經・鄘風

載馳載驅，歸唁衛侯。驅馬悠悠，言至于漕。

大夫跋涉，我心則憂。既不我嘉，不能旋反。

視爾不臧，我思不遠。既不我嘉，不能旋濟。

視爾不臧，我思不閟。陟彼阿丘，言采其蝱。

女子善懷，亦各有行。許人尤之，眾穉且狂。

我行其野，芃芃其麥，控于大邦，誰因誰極。

大夫君子，無我有尤。百爾所思，不如我所之。

　　好一副快馬加鞭的奔馳景象，詩中的女子正在趕路，準備前往憑弔衛侯，她在綿長的道路上驅趕著馬車，才剛剛抵達半路的漕城，後面追趕的官員便來阻擋，讓她感到十分憂愁。她看著追趕的人們，全身沸騰的怒氣頓時爆發，直問：「你們既然不稱讚我的行為，我怎能就這樣回去，看你們不懷好心的嘴臉，怎能明白我內心對遙遠祖國的思念，非但不贊同又讓我無法順利渡河歸鄉，比起你們不懷好意的心，我對祖國的思念是如此的綿綿流長。」

一段感人肺腑的話，可見憑弔衛侯對女子來說，正是深愛祖國的證明，誰曉得卻讓不明事理的官員阻擋歸路，心不甘情不願的讓人逮了回去。然而抓住她的人，卻無法掌控她的心，她為了紓解對國家故鄉的思念，便登高來到附近的山頂，採著貝母治療內心的憂鬱。她想著自己雖是個小女子，卻有顆懷念故鄉的心，世界上所有的事物都有自身的準則，那些許國的人不試著了解卻只知責備，實在有夠幼稚跟猖狂。

　　登高還不足以紓解思念，她又來到田野緩緩的走，看著十分茂盛的小麥。突然想到大國去陳訴冤情，然而誰可以前來救援呢？這樣的感傷忽然化為氣憤，氣憤的對官員、君子們說，不要對我有所怨尤，你們一件事想了幾百次，還不如我親自跑一趟。

　　從許國大夫的角度，是擔心她的性命安危，孰不知，內心的苦要比肉體折磨更讓人難熬。再者，相對許國大夫假仁假意的懦弱，女子的果決更是慷慨與悲壯。從她著急的趕路返鄉，到被阻擋的憤怒，接著思念故鄉的難過，無法歸去的無奈，最後氣憤許國人的不通情理，都是真性情，也說明她對國家的愛超越一般的事物。

　　面對這樣摯情的勇敢女子，男性們是否該汗顏，想想自己是否曾不顧一切的為某事冒險，就算犧牲生命都在所不惜呢？

5. 伐檀

詩經・魏風

坎坎伐檀兮，寘之河之干兮，河水清且漣猗。

不稼不穡，胡取禾三百廛兮？

不狩不獵，胡瞻爾庭有縣貆兮？

彼君子兮，不素餐兮！

坎坎伐輻兮，寘之河之側兮，河水清且直猗。

不稼不穡，胡取禾三百億兮？

不狩不獵，胡瞻爾庭有縣特兮？

彼君子兮，不素食兮！

坎坎伐輪兮，寘之河之漘兮，河水清且淪猗。

不稼不穡，胡取禾三百囷兮？

不狩不獵，胡瞻爾庭有縣鶉兮？

彼君子兮，不素飧兮！

　　「坎坎的伐木聲，砍下的木材可以來做車輪的輻條或是輪子，木頭一塊塊放置河旁，河中的流水清澈又起漣漪。若不播種也不收割，哪來的三百捆稻禾往家搬？你未曾不山上狩獵，怎麼你家

的庭院懸掛著豬獾、野獸、鵪鶉？真正的君子是不會白白接受獻禮！」

天下沒有白吃的午餐，如同沒有不勞而獲的事，更何況無功不受祿，別像那些專門騙吃遍喝的寄生蟲，有人自動獻上貴重的禮品就隨意接受。河邊的木工，便是在指責那些寄生吸血蟲。

古代的階級制度下，有人靠著祖先的庇祐，不需要花費丁點的力氣就繼承龐大家產和崇高的官位。這些不從事生產的上層貴族，每天過著吃喝玩樂的奢侈生活，不是呼朋喚友來賞花就是請戲班子來唱歌跳舞助興。相對他們，那些終年辛苦工作的民眾，除了維持基本的生活外，還得擔心無法繳交官府稅收，兩者簡直是天壤之別，於是木工才發出不平之鳴。

只要有社會一天，不平等的階級便依舊存在。像有的上司將他負責的職務推給屬下做，漠視公司分工合作的制度，每天不是打電話聊天就是看看雜誌報紙，最讓人憤憤不平的是，若公司賺了大錢，便急忙搶功，出了紕漏便推的一乾二淨，即便這樣，薪水還是高的要命，然而，高層主管若沒有發現這樣凌亂的現象，公司遲早會倒閉關門。受委屈的部屬們，除了學會如何保護自己外，有時將不合理的要求當作磨練，那些心存僥倖的上司，相信有天總會從高處墜落。

6. 匪風

詩經・檜風

匪風發兮，匪車偈兮。顧瞻周道，中心怛兮。

匪風飄兮，匪車嘌兮。顧瞻周道，中心弔兮。

誰能亨魚？溉之釜鬵。誰將西歸？懷之好音。

「烽火連三月，家書抵萬金。」是我們形容在危急環境中書信的珍貴，但在現今伊媚兒發達的時代，這樣的話似乎就少了一點真實感，為什麼家書可以抵萬金？若要深入了解，就必須理解戰爭的問題。

「大風刮的猛烈，在奔馳的車中揚起陣陣塵土，由大路一眼望去，只會讓我的心中更加淒慘。請問哪個人想要煮魚，借個鍋子幫幫忙吧！誰將回去西邊的家鄉，幫我帶個消息吧！」

古時候離鄉背井的遊子能接到家書已屬不易，除了交通不發達的因素，沒錢拜託人專門送信也是原因之一，常常送信人是剛好有事準備前往當地，順便請他附帶送信，為了感謝他，有時會貼補他一點路費以表謝意。這是平時送信的情況，若在戰火紛亂的時代，全國各地的局勢十分緊急，就算你有千萬個思念親人的

心，又能如何？每個人急忙著逃難，誰還能替你送信，所以此刻若幸運的收到家書，要你用昂貴的代價換取，我想你也願意，畢竟你多想家知道中一切是否安好。

相反，若是爭戰中隊友因故必須返鄉，歸途恰好經過你家，相信你無論如何也會託他傳個口訊家書，為了讓家人放心，即便你四面楚歌，也要請他帶個好消息回去。

親人彼此關心是人性，這樣的人性在危急中更顯得無比珍貴，如今我們不需要再託人帶信，只要打個電話、傳個電子郵件書就可互通消息，所以更別吝嗇你的時間與金錢，不論多遠，與家人保持聯繫，讓現代科技更符合人性。

7. 月出

詩經·陳風

月出皎兮，佼人僚兮。舒窈糾兮，勞心悄兮。
月出皓兮，佼人懰兮。舒懮受兮，勞心慅兮。
月出照兮，佼人燎兮。舒夭紹兮，勞心慘兮。

花前月下，是最有氣氛的約會地點。一輪明月高掛天際，偕同情人坐在草地欣賞著皓皓月光，身旁飄來陣陣花香，我想不需要美酒也會讓人深深陶醉。於是，明月常化爲優美的詩句，這些詩句爲詩人傳達了最動人的情感。

然而令人惆悵的是，月亮循著陰晴圓缺的軌跡遞嬗著，如同人生中的悲歡離合。再怎麼相愛的情人也可能來到人生的分岔路，接著各自朝向未來的道路飛奔，驀然回首時，心中仍惦念著他過得是否安好。

「皎潔的月光緩緩浮現美人般的嬌美，像是你緩慢行走的倩影，牽動著我的心啊！明亮的月光靜靜呈現美人般的嫵媚，像是你婀娜多姿的身影，紛亂著我的心啊！潔白的月光悄悄閃耀美人般的漂亮，像是你輕盈靈巧的步伐，勾引著我的心啊！」

明月的身影勾起詩人曾經深愛的記憶，情人倆花前月下的美景，如今只有明月陪他渡過漫漫長夜，恨不得把思念藉著月色遙寄遠方的佳人。

　　今天又是明月日，你過得還好嗎？我想你大概不曉得，每月我都在等十五的這天，因為只有在明月日，我才敢偷偷洩露依然愛你的心，我這樣想你，那你呢？

8. 葛屨

糾糾葛屨，可以履霜。摻摻女手，可以縫裳。

要之襋之，好人服之。好人提提，宛然左辟。

佩其象揥。維是褊心，是以為刺。

「腳底常穿的破涼鞋，能走在佈滿寒霜的道路嗎？這雙纖細的
小手，可以整天替人縫製衣裳嗎？此外，還得提著做好的衣領腰
帶，伺候著女主人試穿新衣。女主人穿上新衣覺得舒服，回身卻
對我愛理不理，只顧拿著象牙般的簪子戴上。都是因為她的心腸
狹小，我才做這首詩諷刺她啊！」

社會階級的差異自古有之，下等人總覺得矮了上等人一截，
然而為了生活，也只好去服侍他人。

當生活與人的自尊心衝突時，心中總有不快。

如同上司吩咐了工作，雖然不是份內之事，卻也只能點頭答
應的去做，完成後即便不敢期望有什麼感謝報答的話，但若連和
悅的臉色都得不到，心中不免有些埋怨。想說自己從早到晚已經
夠忙了，幫你做事也就算了，卻擺副臭臉給我瞧，我招誰惹誰。

[114] 古詩，我的能量補給

現今雖然社會進步，階級的差距不見得縮小了，但至少尊重的想法較爲普及。然而團體中，仍會有幾個仗著自己上級的身分，進而不明是非的對人大呼小叫，甚至隨意怪罪他人，面對這樣的人，我們或許學學這首詩歌，把不愉快的心情化作諧趣詩歌，指桑罵槐的諷刺對方，或許他仍不痛不癢，至少自己的心底暢快些。

9. 杕杜

詩經・小雅

有杕之杜，有睆其實；王事靡盬，繼嗣我日。

日月陽止，女心傷止，征夫遑止！

有杕之杜，其葉萋萋；王事靡盬，我心傷悲。

卉木萋止，女心悲止，征夫歸止！

陟彼北山，言采其杞；王事靡盬，憂我父母。

檀車幝幝，四牡痯痯，征夫不遠！

匪載匪來，憂心孔疚；期逝不至，而多為恤。

卜筮偕止，會言近止，征夫邇止！

「孤獨的杜樹，結滿了圓厚果實，王事一日未停，等待的歲月便無法停止。光陰已是十月，小女子依然傷心不止，遠征的情人應該還在忙吧！孤獨的杜樹，長著翠綠的葉子，王事一日未停，內心還是傷悲不息，即使草木如此青蔥，小女子內心只能悲嘆：遠征的人何時歸？」

等人確實是件不好受的事，有人等了五分鐘就要氣的爆炸，有人卻可以一等便是十八年，著名的王寶釧苦守寒窯，不就是如

此。不同的等候也有不同的心境，若明知對方有要事在身，就算歸期將至也不見得能如期而歸，等候也就沒埋怨，雖然內心因為太思念而難過，仍盼望對方能信守諾言的如期歸來。

　　詩人等不及那天到來，趁著登上北山、採著枸杞時，眺望遠方，想到未停的王事，就連父母也開始擔心。突然前方來了幾輛破爛車隊，車隊的馬已經疲憊喘氣，猜想會不會是征夫的車隊，若是，應該離家不遠了吧！很快的馬車一輛輛通過身旁，卻沒發現征夫的身影。擔憂令她非常痛苦，歸期已過，征夫卻未歸，憂慮頓時的倍增。每天求神問卜，卦象怎說佳期漸近，遠征的人即將回來！

　　詩人等待的痛苦不只思念而已，她還擔憂對方超過約期是因遭遇不幸？還是忙王事而累壞了身體？還是另有苦衷？

　　這樣的心情，如同約定今年的情人節一起過的戀人，刻意的不去提醒對方，誰知時間一點一滴的飛逝，對方卻因公務繁忙忘了約會，等待者的腦海卻開始有不好的預兆，能想到的壞念頭全部浮現，他是否忘了約定，還是在路中有了意外…等，在答案尚未揭曉前，一顆心忐忑不安的懸在半空，終於手錶指著十二點時，看到對方匆匆來遲，剛剛所有的念頭又拋在腦後，兩個人在大街擁抱久久不止。希望詩人尚未揭曉的答案，也是如此的結局。

10. 隰桑

詩經‧小雅

隰桑有阿，其葉有難。既見君子，其樂如何！

隰桑有阿，其葉有沃。既見君子，云何不樂！

隰桑有阿，其葉有幽。既見君子，德音孔膠。

心乎愛矣，遐不謂矣？中心藏之，何日忘之？

「水窪旁的桑草多麼婀娜多姿，葉子十分茂盛又柔美，遇見過君子，是如何快樂的啊！既然遇過君子，怎麼說不快樂呢！遇見時的情話綿綿，心中無法抑制地眷戀著他呀！又爲何不告訴他？若就此深藏心中，何時才能將他忘懷？」

人生活的空間變動不快，時間卻不斷地往前流逝，下一秒鐘沒人能預料會發生什麼，因此「活在當下」便是人在應變時空最直接的方式。

對暗戀者來說，常常無法掌握當下，無法鼓起勇氣向暗戀的對象告白，就算心中早已茶不思飯不想的掛念，卻讓告白的機會來了又沒把握，徒留悔恨。

等到機會終於不再來，獨自重遊舊地時，望著景物依舊，悵

惘翻湧而來：「這不是你要的結果嗎？不是你選擇了不告訴他嗎？為何還不開心？」

　　聽過一個小故事。有個乖巧的高中女生暗戀隔壁班的男同學，卻因為生性害羞一直不敢告訴對方，只是每天悄悄的替他買早餐。忽然在畢業前夕，女生聽說對方即將移民國外，內心十分的痛苦，於是利用隔壁班上體育課，偷偷溜進他們教室，將小項鍊與一封信塞到他的書包，信上只有簡單幾句祝福的話，卻也未署名，兩人也從此分道揚鑣。

　　十幾年後，當時的高中女生因為工作來到洛杉磯，趁著空檔便四處閒逛。她在街頭走著，忽然發現前面路人遺落了一條項鍊，便蹲下替他撿起，沒想到一瞧，發現項鍊與當時她送給暗戀對象的相同。她忐忑不安的喊住對方，對方聽到後緩緩轉過他碩壯的身軀，果然就是她當初暗戀的對象。

　　像這樣超級浪漫的事，生活又有幾則能真實的發生呢？某天有暗戀的對象時，記得跟老天爺借些膽子，勇敢地向他說出愛的告白。得到的答案或許並不全盡如人意，但跌跌撞撞中，也許就尋找到你的真愛，所以放開心，否則原地打轉的愛情是走不出圈圈的。

11. 小星

詩經・召南

嘒彼小星，三五在東。

肅肅宵征，夙夜在公，寔命不同。

嘒彼小星，維參與昴。

肅肅宵征，抱衾與裯，寔命不猶。

　　這首詩歌，從古以來，都認爲小星指的是婚嫁後的小妾，感嘆主人公的喜新厭舊，重點在於「抱衾與裯」四個字，懷中抱著是大毛毯還是被單，兩者的命運是如此不盡相同。然而，我卻有不太一樣的詮釋觀點。

　　繁星啊！繁星，你整夜橫掛星空，是爲了什麼呢？初一的時候在東，等到了十五又不同，是不是害怕趕路的行者，找不到回家的方向，所以你也跟著移動？

　　星空，總讓人感到神秘，古代研究星星的學者，還發展一套星學理論，東西方均相同，如西方的十二星座學、東方的星象學，甚至還替星星命名，區別不同。且不管，這些理論是否眞的有不可思議的力量，無雲的清空夜裡，人們總愛觀星，觀賞那距

離不知多少光年的世界，雖然只有點點的燭光，卻總也令人感到目眩與奇妙，似乎在那世界有著神奇的事情發生著？每次若有新聞報導流星雨的來臨，不也掀起攜家帶眷、呼朋引伴的觀賞熱潮嗎？連離地球最近的火星，也掀起了一股觀星熱。

　　每個人看到星星，總有其獨特的欣賞觀點，甚至聯想起一些回憶，想到曾經與心愛的伴侶，冒著天寒地凍的窩在一起賞星；想起星空下，與朋友討論著未來，惆悵人生該何去何從；也可能想的是，不曉得逝去親人，是否化為天上的星星，在那照耀著自己，或許就是這樣，詩歌的主人，想到星夜曾有愛人的陪伴，如今空蕩蕩的床，獨剩自己與悽涼，感嘆人生的命運怎會有如此大的差異呢？

　　看到星星你想起了什麼呢？感傷？快樂？幸福？痛苦？還是其他呢？不論你聯想的究竟是什麼，記得在忙碌的生活中，多抽抽空，不見得非得遠離煩囂的城市，但找個可以看到繁星的地方，來趟星空之旅，靜靜欣賞星的美，順便沉澱或整理一下紊亂心情，明天，重新再出發吧！

12.
風雨

诗经·郑风

風雨淒淒，雞鳴喈喈。既見君子，云胡不夷！？

風雨瀟瀟，雞鳴膠膠。既見君子，云胡不瘳！？

風雨如晦，雞鳴不已。既見君子，云胡不喜！？

「風雨如晦，雞鳴不已。」常用來鼓勵人心，衝破黑暗的界線，迎接光明的到來。然而這首詩，表達的究竟是什麼情感呢？毛傳以爲此詩讚美不屈服於惡劣環境的賢者，朱子以爲是首淫蕩私奔的詩歌，屈萬里則認爲詩歌描述了男女幽會的情景，一首詩，截然不同的說法，你呢？你覺得它寫著什麼樣的內容呢？

單純的看，詩歌只有描寫，在風雨交加的時候，突然聽到外邊的群雞啼叫，這樣的天氣，怎麼會有人上門拜訪呢？該不會是等待的人來了！假使眞看到他，想必我的內心應該充滿著喜悅吧！？

詩歌沒有交代等待的理由，兩人是爲了幽會呢？還是妻子等待丈夫的歸來，等待者與被等者的身分都未明，詩歌也就顯得隱晦。最後的語句，「云胡不喜！？」更是讓詩歌充滿著變化，究

竟是肯定君子的到來，還是否定君子的來臨呢？

　　所謂的期待又怕受傷害，想必就是這樣的心情吧！假設是詩歌描寫情人相見，想到惡劣的天氣，對方得冒著風雨前來，不曉得是否能安然無恙，應此祈禱對方來忘了今天的約定，別來的好！可是，換個念頭又想，如果今天不見，明天對方可能就離開身邊，再相見，又不知是哪年哪月？所以還是來的好，讓我們彼此解解相思之苦。

　　由此可見，詩人還在等待，風雨依舊在窗外交加的呼嘯，對方的身影依舊尚未出現，快不快樂，高不高興，都只是詩人的猜想罷了，然而，這樣的情感令人動容。所以就請風雨先生趕快的走吧！別傷害他的情人，也請對方要保重自己，安然無恙的出現，讓彼此的相會，有個完美的句點。

13. 垓下歌

項羽

力拔山兮氣蓋世，時不利兮騅不逝，
騅不逝兮可奈何，虞兮虞兮奈若何？

　　烏江旁，有個披頭散髮的戰士，穿著殘破盔甲騎著馬，豪氣
銳減的視線橫掃群山及江河。他曾經是個叱吒風雲的蓋世英雄，
赤手空拳從田野崛起，到坐擁關中雄霸天下的西楚王，輝煌的戰
績無人能比。但縱使力拔山河又氣蓋世間，仍有時不予我的一
天，否則曾經陪他爭戰沙場的駿馬，怎會裹足不前呢！

　　停在烏江旁的落魄者是誰？又為什麼發出哀傷的感嘆呢？他
就是曾大破秦兵的草莽英雄項羽。

　　史記中項羽是個英勇無敵、舉世無雙的英雄，卻不敵劉邦的
計謀才略，拱手讓劉邦當了皇帝，最後落得被敵軍圍剿，無路可
退的窘態。當項羽窮途末路，風光的事蹟也隨之煙消雲散時，他
明白無顏見江東父老，即便此時自刎也是理所當然，多年來的老
戰友，也是明瞭他的心，所以有默契的不再往前走。

　　就算項羽自知滅亡是在所難免，戀棧、悔恨、嘆息不會是即

將失去的山河，想的是深愛的女子虞姬。他怨恨著早些年，還是滿懷壯志雄心時，自己只顧南征北討的攻打領土，建築心中理想的盛世，忘了多多陪伴摯愛的虞姬。

可想而知，在他死後虞姬將過著如何悲慘的下半生，於是他擔憂虞姬的茫茫前程，擔心一步一步啃著他心中的痛處。在臨行前的最後一晚，四面楚歌時，項羽忍不住在軍帳獨飲，對虞姬哀唱：「虞兮虞兮奈若何？」

虞姬虞姬我該對你怎麼辦？項羽哀傷的吶喊，是因為沒有答案，也沒有解決的辦法，雖然生死他早已置之身外，卻還有比死更折磨人的事，那就是無法繼續照顧心愛的情人。

然而虞姬豈是村野鄉姑，她可是見過大風大浪的女子啊！「大王意氣盡，賤妾何聊生！」虞姬唱和完後引劍自吻。她不要項羽為她多費心力，不要他在臨危時還得分心於她，也不要他連死都不得安心啊！這是她對項羽的愛最直接的表現。

14. 和項王歌

虞姬

漢兵已略地，四方楚歌聲，
大王意氣盡，賤妾何聊生！

　　項羽的〈垓下歌〉，是對虞姬的深深愛戀而嘆唱，令人悲淒
又蒼涼的詩歌。也許在項羽心中始終認為，自己是靠著光榮事蹟
贏得美人歸，擄獲虞姬的芳心。所以此時擔心的不只是虞姬的後
半生，也害怕虞姬很快遺忘關於他的記憶。

　　對某些人來說，愛情的永恆不在於是否相攜一生，而是對方
內心深處，總留個位置給自己。項羽或許也是這麼想，因此即便
到了生死關頭，仍希望在虞姬的心底，自己的形象會是個美好記
憶。

　　虞姬聽項羽唱完「虞兮虞兮奈若何」的哀傷之歌，深愛他的
虞姬怎麼會不了解歌詞中的哀傷，畢竟歌聲唱出倆人身處生死垂
危的邊緣，況且劉邦的漢兵已攻略軍地。於是她唱和著：「大王
意氣風發即將結束，深受大王柔情的我還有什麼理由活著呢！」
歌歇，虞姬合眼了，腦海中留下的是意氣風發、傲視群倫的西楚

霸王啊！

　　「問世間情爲何物，直教人生死相許。」愛情的美與魔力，就在於兩人的相知相守。項羽有柔情似水的虞姬陪伴，兩人爲愛奉獻的精神，在人類戀愛史寫下另一章動人的詩歌。

15. 別歌

李陵

徑萬里兮度沙漠，為君將兮奮匈奴。
路窮絕兮矢刃摧，士眾滅兮名已隤。
老母已死雖欲報恩將安歸！

　　某個夜裡，荒涼的北方忽然下著滿天飛雪，風雪凜冽不停刮
著蒙古包。蒙古包內有人正溫著燒酒，一對經歷風霜的老人對坐
酌飲。

　　兩人是何許人也？原來一位是牧羊北海的蘇武，另一位則是
率領數千士兵殺戮戰場，最終卻投降匈奴的李陵。近幾日兩人得
知消息，長期忍辱負重的蘇武即將返回朝廷。聽消息的李陵，想
到以後在茫茫的異國裡只剩自己，於是邀蘇武趁著剩下的時間，
喝著最後的訣別酒。

　　李陵的心情是複雜的。好友在他鄉熬了多年，始終不改忠心
的節操，感動了匈奴，因此願意放他回鄉，這該是十分可喜可賀
的大事，不論敬上多少杯好酒都是不夠的。然而反觀自己呢？

　　曾為了國君出生入死的捍衛江山，行遍了萬里路，橫渡了大

沙漠，向來只知道奮力帶兵與匈奴決戰。然而敵軍眾多，終究是寡不敵眾，逐漸地將我軍逼迫到窮途末路，士兵手中的兵器、箭矢、刀刃盡遭摧損，跟隨的人面臨滅絕的地步，風光一時的美名早已潰堤。我離家多年，想必母親已經不再人世，未曾報答的恩情將要往何處尋去？

李陵從蘇武的返鄉，想到當初的投降異邦，是為了有朝一日能回鄉孝順年老的母親，誰知道一留便是多年，期間又傳聞武帝聽信謠言，家中年邁母親、無辜妻兒因此遭到賜殺，更覺得天地間何地是我歸處。此時連身旁的好友都將歸去，孤單、悲傷讓李陵想著自己究竟是為了什麼活著？

熊熊烈火仍在酒壺底下燒著，蘇武聽著李陵難過的歌聲，不知該說些什麼安慰的話，只有繼續的喝著悶酒。放聲高歌的李陵唱完，拿起酒壺一杯接著一杯喝，蒙古包外的風雪不知何時已停，只剩明月孤獨的高掛。

16. 悲愁歌

劉細君

吾家嫁我兮天一方，遠托異國兮烏孫王。

穹廬為室兮氈為牆，以肉為食兮酪為漿。

居常土思兮心內傷，願為黃鵠兮歸故鄉。

　　曾經中國喊著民族大融合，對境內各族一視同仁，但中國的歷史上，異族的侵略可是個長期的嚴重問題，尤其北方匈奴天生體力優於南方，騎著馬匹可以馳騁荒野，輕而易舉的縱橫各地，為了防範他們，中國才修築了世界奇觀之一的長城。

　　早在漢代，匈奴來襲便是個讓皇帝頭痛的事，對尤其想要建立霸業的漢武帝，更是不得不解決的困擾。

　　在眾多的解決方法中，以公主和番，結盟他國最直接迅速，詩人便是劉細君，一位嫁往烏孫國的漢朝公主。四周均是牛羊的劉細君望著故鄉方向，思鄉的情愁忍不住在心中翻騰，往事歷歷在眼前重演。

　　「當初皇上做主，將我遠嫁天邊，託付異國的烏孫王。此後穹廬便是家，牆是用氈塗成，每天吃的是肉，喝的是乳酪。我的心

卻常懷念故鄉的舊土。明知徒增傷感，只希望有天化爲黃鵠，飛回心愛的故鄉。」

　　遠嫁，難過的不只是無法回鄉，外加異國風俗的不適應。舉例來說，父死子繼本爲理所當然，但連父親的妻妾都要接手，從儒家的角度來說，是亂倫的事。然而匈奴的人口稀少，爲了讓血脈能夠延續，接收父親的妻妾卻是常有的事。

　　不只是如此，異國還有許許多多的習俗，等著公主去熟悉適應。思鄉，不適應，雙重的壓力讓她不由得懷念起家鄉。

　　你是個新娘嗎？那麼你也要開始適應對方的家規，適應對方的生活。或許觀念規矩上有些差異是在所難免的，雖然適應的學習是痛苦的，然而生活的可貴之處不也包含了這些必須適應的變化嗎？

17. 贈婦詩三首之一

秦 嘉

人生譬朝露，居世多屯蹇。

憂艱常早至，歡會常苦晚。

念當奉時役，去爾日遙遠。

遣車迎子還，空往復空返。

省書情悽愴，臨食不能飯。

獨坐空房中，誰與相勸勉？

長夜不能眠，伏枕獨輾轉。

憂來如循環，匪席不可捲。

　　清晨時分，露水凝聚綠葉上，最後滑落地面或隨著朝陽消失，人的一生不也像露水，匆匆一撇了無痕跡，難怪詩人說：「人生譬如朝露」。

　　秦嘉寫這首詩時，正準備到遠方赴任，多愁善感的他想到，處在多災多難的時代，生命如此短暫，將來不知多艱難困苦，甚至離開後不知要多久才能相聚，於是臨行前，派人驅車迎接妻子，卻接回個空車。

沒接到人的車夫，卻拿出一封夫人轉交的信，秦嘉展信讀之，書信句句令人動容，於是連佳餚都吃不下，落寞的回到房中獨自坐著，想想曾與妻子相伴的日子多美好，以後還有誰跟他互相的勉勵勸戒呢？

　　夜開始深沉，詩人卻無法入睡，抱著枕頭輾轉難眠，憂愁循環般的來了又去，去了又來，心如同詩經中的佳句「我心匪席，不可捲也」，情意是永遠不會改變。

　　平凡詩句卻見鶼鰈情深，身為朝中官員的秦嘉即將遠行，驅車邀妻子會面，然而不知為何妻子並未前來。但秦嘉的妻子為了讓秦嘉的安心，便寫封書信交代情況，書信的內容不得而知，秦嘉閱讀後，卻深深被書信感動連飯也吃不下，直到夜深露重仍輾轉無眠，可見信之感人，更可見倆人的情感深厚。而書信究竟寫著什麼，我們再讀下一首便可知了。

18. 答秦嘉詩

徐淑

妾身兮不令，嬰疾兮來歸。

沉滯兮家門，歷時兮不差。

曠廢兮侍覲，情敬兮有違。

君今兮奉命，遠適兮京師。

悠悠兮離別，無因兮敘懷。

瞻望兮踴躍，佇立兮徘徊。

思君兮感結，夢想兮容輝。

君發兮引邁，去我兮日乖。

恨無兮羽翼，高飛兮相追。

長吟兮永嘆，淚下兮沾衣。

　　上一首我們看到了秦嘉即將赴任，派人驅車邀妻子相會，結果撲了個空，空車去又空車回，帶回的只有一封信，而秦嘉看信後感動不已，因此整夜無眠，信究竟寫些什麼我們尚未得知，這首詩可能就是信的內容。

　　詩一開始便解釋，為什麼她沒有搭上專車前往送行，只因不

小心染上了病，在家中休養一陣子，至今卻尚未痊癒。所以即便得知丈夫接到官令，得到京師上任仍無法送行。雖然如此，離別的心情仍是愁慘，無法親自前去總有些擔心，只有不斷的眺望、佇立又徘徊。

接著她開始訴說內心的感受，她說起過去郎君每次離家，思念的心總是糾結一塊，夢裡不時看見對方容光煥發。這次得知分離的時刻又已來臨，只恨背沒有長雙翅膀，以便振翅高飛的追隨，難過的心讓人長嘆，流下的淚水早沾濕了衣裳。

有時我們單看某一作品，即便有獨特的味道卻總覺少了什麼，此時試著將它配合相關性的作品閱讀，也許還能發現不同的美感。就像秦嘉和徐淑的詩，若單一看來的確離情依依，但若一起讀，原本的單相思便有了呼應。

想像著深夜裡，秦嘉與徐淑各在異地，倆人尚未入睡，正都凝望寧靜的暗夜和皎潔月光，遙寄相思，這樣的夫妻之情不也淒美動人嗎？

19. 巫山高

漢樂府 · 鐃歌

巫山高,高以大,淮水深,難以逝。

我欲東歸,害梁不為?

我集無高曳,水何湯湯回回。

臨水遠望,泣下沾衣。遠道之人心思歸,謂之何!

「河水啊!爲何阻隔我回去的路,難道你感受不到我內心的痛苦嗎?離開家鄉許久,思念的心早就飛奔而去,回到愛人的身旁,怎麼我人還待在遙遠的異鄉。無情高山不肯幫我依舊聳立前方,險峻山路更是崎嶇難行,唯一的辦法只有涉水而過,然而,河水你爲何還如此的高深難惻、險惡難渡?是不是不願意幫我回家?

我實在很想東歸回鄉,既然河水你不願幫我,也該留座橋讓我渡河吧,怎麼你身上連座橋也不剩呢!我想還是算了吧!乾脆自個找艘空船順流而下,但輔助的高長船槳怎不見蹤影,叫人如何不灰心意冷呢!河啊!你輕輕鬆鬆奔流不止,曉不曉得我十分無助,淚水幾乎沾濕了衣裳,就這麼站在岸邊看你,朝著東海的

方向浩蕩逝去，那方向正是我家啊！」

　　思念令人愁苦，作者是，你我亦是，然而作者無奈的心情更是讓人傷感。河流自由的奔向大海的懷抱，濤濤向東流去，那流向正巧是遊子的家鄉。河水輕而易舉的踏上歸途，而遊子卻只能心羨，不停自問：「何時才能回家？」

20. 東門行

出東門，不顧歸；來入門，悵欲悲。

盎中無斗米儲，還視架上無懸衣。

拔劍東門去，舍中兒母牽衣啼：

「他家但願富貴，賤妾與君共餔糜。

上用倉浪天故，下當用此黃口兒。今非！」

「咄！行！吾去為遲！白髮時下難久居」

未挨餓受凍或未窮神纏身者，是不會了解社會案件中，那些走投無路下只得鋌而走險者的心聲。

每個人都曾聽說了某某搶案，當時的你是否曾責罵那些人白痴笨蛋呢？甚至指責的說不工作，搶劫，死的好。然而就在你這麼說時，是否忘了他們的背後或許有什麼難言的苦衷。別以為我在為犯罪者辯護，實在是人生有太多的事不像表面的單純，讓我們由這首詩證明吧。

有人從東門而出，並發誓不再回來！誰知最後他還是帶著惆悵的心情回頭。這樣的人，你可以說他反覆無常，然而他有他的

理由。原來家裡的甕中沒有半點的米，能典當的衣物早就當了，架上怎麼可能還有衣服懸掛。若是單身，頂多賤命一條餓死算了！家中卻還有陪自己吃苦受罪的妻子及嗷嗷待哺的孩子，孩子們飢餓的雙眼讓背負重擔的他不斷自責啊！

　　若是你遭遇這樣的情況，絕望的念頭必定時時浮現，哪還管得了什麼道德廉恥。家中的男主人就是背負著沉重壓力，迫使他轉身拔劍直往東門。說時遲那時快，他的妻子瞧見了趕來拉住他的衣角，哭著說：「儘管別人家總希望享受榮華富貴，卑賤的我只願和你每天吃些稀飯。老天爺正看著我們，膝下的雙兒還等你照顧，現在絕對不能這麼做啊！」他卻回頭看看妻子說：「你在做什麼！我還是得走！即便現在去都太遲，不這麼做的話恐怕活不了幾天。」

　　這就是徘徊東門口之人的苦衷。我們常說：「金錢絕非萬能。」然而當家徒四壁、身無長物，甚至連吃飯都成了問題，即將有餓死的危機之時，有多少人能自命清高的堅守原則，況且挨餓的可能不只是你一人，狗急了都還會跳牆呢！所以下次當我們看到這類新聞，試著多點關懷體諒，想想會不會是社會出了什麼問題，還是整個社會的價值觀有了偏失，暫且別急著罵人。

21.
古歌

無名氏

秋風蕭蕭愁殺人，出亦愁，入亦愁。

座中何人誰不懷憂？

令我白頭。胡地多飀風，樹木何修修！

離家日趨遠，衣帶日趨緩。

心思不能言，腸中車輪轉。

　　風，是季節的傳播者，陣陣的春風吹開了百花，夏風吹綠了野草，秋風吹落了枯葉，也吹入滿懷愁緒者的心，勾起了藏匿在記憶深處的苦，於是秋風蕭蕭的吹襲，讓人出也是愁，入也是愁，無論到哪，都逃離不了秋風的折磨。

　　既然環境悲苦的逃脫不了，還是找個人傾訴吧！誰知回頭望去，所有人的心不也都懷有憂愁，如同自己現在的心情啊！一個人悲愁就已經讓人受不了，竟然還是愁上加愁，豈不讓人在天地間無所遁逃，也讓人幾乎白了頭髮。

　　詩人滿懷著愁苦，然而究竟是什麼樣的愁，可以殺人無形；是愛人不見的愁，是子欲養而親不在的愁，答案都不是。詩人的

愁，是身在異鄉有家歸不得的愁啊！他聽著異鄉胡地秋風刮的猛烈，樹木都發出了咻咻聲，像在對詩人說：「該回家了吧！」

家尚未回去，人卻因為離家許久瘦了一圈，常穿的衣服都變的寬鬆，痛苦的思念卻無法向人傾吐，只能暗暗的在內心像車輪不斷旋轉。

漂泊異地，讓人不禁的想家，想家的愁也更容易讓人消瘦憔悴。所以，風兒啊，就請你別再吹了吧！你的呼嘯聽起來多悲苦，像是家人的哭泣聲，不斷侵蝕詩人的意志，讓他幾乎就要在異地往生，不然就將他帶走，把他帶回日夜思念的家鄉吧！若做不到，請你暫時的歇會兒！直到他回家。

22.
冉冉孤生竹

古詩十九首

冉冉孤生竹，結根泰山阿。
與君為新婚，兔絲附女蘿。
兔絲生有時，夫婦會有宜。
千里遠結婚，悠悠隔山陂。
思君令人老，軒車來何遲！
傷彼蕙蘭花，含英揚光輝。
過時而不采，將隨秋草萎。
君亮執高節，賤妾亦何為？

　　一個等待婚嫁的女子，卻遲遲等不到郎君前來，望著根深紮泰山坳的孤獨青竹，不禁想，自己就像竹對方是山，兩人即將舉行婚禮，以後就像兔絲攀附女蘿，彼此永遠的依靠，聽人說，兔絲總是定時而生，新婚夫婦相會也應該有個定時吧；時間一到，也該試著橫跨千里之遠而來，即便隔著重重山巒，也該及時出現吧。

　　女子殷殷盼望的郎君，時間到了仍未出現，她忍不住唱著哀

怨之聲：「思念令人老，迎親的禮車怎麼遲遲不出現！難道郎君不知道光陰總是最傷蕙質的蘭花嗎？含苞很快就要綻放，錯過了吉時，將隨著秋草的來臨而枯萎。若郎君為了國家大事而耽擱，我的等待又有什麼好埋怨？」

詩人除了望君早歸外，還有強烈的疑問，你究竟是為了什麼滯留遠方，難道不曉得佳期已近？難道不清楚蠟燭會燒盡，花容月貌也會消逝。迎親的樂曲即將吹奏，你卻未出現婚禮殿堂，真的為了國家大事而延誤嗎？還是另有隱情，把我當傻子般瞞騙，或者你根本不同意這門親事，心中另有所屬呢？

這個提問，口語點的便是「不然你到底要怎樣？給我個決定吧！」強烈的質詢要對方趕快給個答案，想要婚事就該趁早迎娶，若另有所屬也該給個訊息，讓人可以另尋終生依靠。

決定是否繼續相愛，有時的確要果決一點，別沒個定奪，若是不再愛了，早點放對方自由，耗仕倆人的時間，有時只剩落寞徒然等待，浪費了青春歲月，也讓倆人的戀曲空留悔恨。

23.
去者日以疏

古詩十九首

去者日以疏，來者日以親。
出郭門直視，但見丘與墳。
古墓犁為田，松柏摧為薪。
白楊多悲風，蕭蕭愁殺人！
思歸故里閭，欲歸道無因。

　　家，是全世界最溫暖的地方，雖然電影院裡的新片讓人炫目，百貨公司的減價讓人心動，演唱會的音樂讓人瘋狂，讓人常常忘了回家的時間，然而當疲憊攬上了身，還是會想起家的溫馨，如同倦鳥知道歸巢，此時，不管身在多遠的地方，立刻就想直奔家門。

　　無奈的是，人總是身不由己，為了出外打拚所以離家，為了求學唸書所以離家，為了出差調職所以離家，然而縱使離開的家鄉，一顆心仍無時無刻關心著家人，擔心著朋友，甚至還會擔憂：家鄉那些許久未見的老朋友，是否早就忘了自己。

　　人常說日久生情，那麼日疏是否情就淡了？是否只要對方離

開，歲月就會將彼此越拉越遠，終成陌生人，若不是如此，詩人為何說：「去者日以疏，來者日以親。」

去者，通常指的是人離開了某地，這裡詩人感嘆的去者，專指離開了人間的往生者，所以詩人接下來才寫著：「走出城門直視，便可見到滿山的墳墓，新墓幸運的被暫時保留，古墓將被犁為田地，古墳上的松柏也將淪為柴薪，即便悲風肅肅、白楊飄飄，令人傷感發愁，古墓依舊將被世人遺忘，誰會記得他們生前的豐功偉業，記得為子孫所做的偉大貢獻，想必就像塵埃消失空中，無人聞問啊！」

夜裡的墓雖然可怕，然而每個人終將成為新墓、古墓，然後成為田地，於是離家許久的詩人憂愁著，憂愁自己終將步上先人的後塵，到時鄉親還會記得他嗎？還有，若是成為往生者，思念家鄉的他可以找到回家的路嗎？

在詩人的哀愁中，我深深的反思，年少輕狂的我從未想過，祖先兩字究竟代表了什麼意義，是血緣上的淵源而已，還是一群為我們開墾荒地的開拓者，沒有他們，會有我目前的生活嗎？然而我對他們了解了多少？是清明節的祭祖，還是一排排的墓碑，對他們，我問心有愧啊！

24. 孟冬寒氣至

古詩十九首

孟冬寒氣至，北風何慘栗。

愁多知夜長，仰觀眾星列。

三五明月滿，四五蟾兔缺。

客從遠方來，遺我一書札。

上言長相思，下言久離別。

置書懷袖中，三歲字不滅。

一心抱區區，懼君不識察。

  星羅夜佈，一個婦人站在門口，孟冬的寒氣迎面而來，加上凜冽的北風，讓她的身體微微顫抖。路過的我向前問她：「這麼晚了，怎麼還不睡，在等人嗎？」她剛開始沒有回應，只是眉間深鎖，又看我不像個壞人，大概是憐憫的同情心，便回：「我在等人。」我好奇她在等誰，又不好意思直接問，只好猜想這樣的等待想必不是頭一遭，過去多少個夜，她就這麼站在門口，看著月亮從十五的滿月變成二十的蟾兔缺，等待的人卻未歸來。

  當我以為又是個無情的郎君，狠心讓婦人苦守寒窯的等待

時，她像看透我的心思，緩緩的開口說：「事實並非如此啊！三年前有個遠道而來的客人，替郎君帶了封信，信中說道：郎君思念的心從未停止，也明白倆人已經分別多時……。」

聽婦人這麼說，我又想，這封信如今成了婦人精神的寄託吧！她應該珍惜的藏在懷袖，每當想起郎君，就拿出來看看，信該殘留尚未褪色的字跡。對我來說，她的心就像依舊清晰可見的字跡，十分的透明，讓陌生的我都可感覺到她依然愛著對方，只怕那人不懂她將永遠等候的心。

有點無奈，從古至今，總有些愛情故事有個悲情主題，故事的男主角常常遠行他鄉，在家等候的女主角卻只能苦守寒窯，這不是男人社會中女性的無奈嗎？

其實男性真的願意這樣讓女人等候嗎？在社會壓力底下，男人有太多的事要做，要做好官，要保衛國家，要功成名就，這些不經過一番努力是無法達成，所以只好讓女人在家中等候，等候他風光歸來的那天。

現代版的愛情應該可以不必這樣撰寫了吧！不過男人比女人在愛情少了一根筋的部分若再不加強，男人依舊會在不知不覺成了女人不幸的罪魁禍首；女人也該肯定的回應男人的問題，別要的時候說不要，故做矜持，男人沒有那麼多的第六感去猜測你要

不要。雙方都應該敞開心胸的交往，別再沉默是金；默默不語在愛情的世界不但成不了美感，反倒成了分手的源頭。

釋放負面的能量

執著、罣礙、忌妒、憂懼、
貪婪、無明都是負面的能
量,抓住愈多,身心靈愈容
易生病。

1. 綠衣

綠兮衣兮，綠衣黃裡，心之憂兮，曷維其已？

綠兮衣兮，綠衣黃裳，心之憂矣，曷維其亡？

綠兮絲兮，汝所治兮，我思古人，俾無訧兮。

絺兮綌兮，凄其以風，我思古人，實獲我心。

月有陰晴圓缺，人有旦夕禍福，每個人都無法預測下一秒，自己可能會發生什麼事。倘若發生的是生離死別，對忽然失去摯愛的人而言，將是一件多麼難受的事，有時為了消除難過的心，便悄悄的拿出對方曾用過、穿過、送過的東西，藉此緬懷對方也撫慰自己，畢竟對方雖然不在，景物卻是依舊，怎麼不會思念起對方呢？

詩人翻著她親手縫製的綠衣，感嘆著：「什麼時候我才會停止悲傷？我應該沒有對不起她吧？」相同的心情，就像唐代詩人李商隱失去妻子後所寫的詩歌：「錦瑟無端五十弦，一弦一柱思華年。」詩便是從琴瑟聯想起過去妻子彈奏的美景，遙想過去的快樂時光。

綠衣的詩人還沉溺思念，世間早已靜靜物換星移，不知覺，寒風又悄悄吹起，他還穿著夏天的輕薄綠衣，這樣如何抵擋得住冷風吹襲。詩人卻不願意換掉它，反而拉的更緊，只因為這件輕薄綠衣是他心愛妻子親手縫製，穿著它，如同妻子還待在身邊陪伴啊！

　　兩情若是長久時，又豈在朝朝暮暮，真心相愛絕對禁得起時間考驗。然而在曾經相愛的戀人心中，突然有天對方離開了人世，就像意外遭逢晴天霹靂的打擊，總要找個抒發的管道。

　　於是幻想對方仍有知覺，仍繼續愛著自己，套用李商隱的詩「此情可待成追憶，只是當時已惘然。」不斷追憶，兩人相愛的痕跡。

2. 葛覃

詩經・周南

葛之覃兮，施于中谷，
維葉萋萋，黃鳥于飛，
集于灌木，其鳴喈喈。
葛之覃兮，施于中谷，
維葉莫莫，是刈是濩，
為絺為綌，服之無斁。
言告師氏，言告言歸，
薄汙我私，薄澣我衣，
害澣害否，歸寧父母。

　　職業婦女是現代女性的代名詞，指他們兼顧家庭內外，其實早在農村社會，女孩子除了家事外也要幫忙農事，煮飯、洗衣外加插秧、割草，工作量可也不見得比目前的婦女輕，還是父母的乖女兒時可以耍賴、偷懶，一旦成為他人的妻子，也就不能再像過去女兒身分般偷閒。

　　出嫁在交通不發達的時代，回娘家一趟也是困難重重，此首

便是出嫁一段時間的女兒，在繁忙中思念父母的詩歌。

詩歌唱著：「四處長滿葛藤的山谷，有位婦人汗如雨下的割草，盤旋上空的是發出吱吱聲的黃鳥，疲憊的她停下手邊動作，想著這幾天割下來的藤足夠做些衣服。念頭一轉，想到離開父母許久，不曉得他們現在過得好嗎？趁著農事空檔，偷偷拜託保母（師氏）替她轉告雙親，說她每天忙著做家事，所以沒時間回去，等到她返家的時再盡女兒的孝道。」

俗語說的好：嫁出去的女兒，潑出去的水。有些人的觀念便是，女孩子出嫁便成了夫家的人，要守夫家的規矩。於是常常新娘還來不及享受新婚樂趣，就得每天從早到晚的忙著打理家庭，等有空歇歇腳、喘口氣時，想起父母的養育之恩，又忍不住掉下難過的淚水。

你現在是別人的媳婦嗎？或者是即將出嫁的女孩？來到夫家的你，可能受到許多委屈，加上工作與家事的雙重壓力，沒空顧及養大你的父母。

不論你是否有能力供養他們，我想，時常抽空回家，讓他們知道你過的好不好；或打個電話關心一下他們，雖然我們可能永遠都無法擺脫那「樹欲靜而風不止」的遺憾，重要的是，把握光陰，讓父母親活的更快樂才是最實際的禮物。

3. 卷耳

詩經・周南

采采卷耳，不盈頃筐，嗟我懷人，寘彼周行。

陟彼崔嵬，我馬虺隤，

我姑酌彼金罍，維以不永懷。

陟彼高岡，我馬玄黃，

我姑酌彼兕觥，維以不永傷。

陟彼砠矣，我馬瘏矣，我僕痡矣，云何吁矣。

　　王菲曾唱過一首歌曲〈我願意〉，其中有段歌詞是：「思念是一種很玄的東西，如影隨形。」

　　如同歌詞，思念總是無時無刻的纏繞心頭，真正關心彼此的人，無論是身在山中採著卷耳（野草）或是騎著戰馬翻山越嶺的走，當心有靈犀之時必能相通，均能突破空間的限制，十分有默契的想著對方是否安好？感慨著不能在他身邊陪伴！

　　每個人都曾嚐過思念的滋味，當你思念的時候是如何排遣？目前現在進步的社會，可能打個電話就可解決，古代又是怎麼做呢？

詩中採草女子是無心、發呆，她軍旅中的夫君則登上高坡，對著家鄉的方向遙望，明知無法看到對方，卻藉此安慰思念的心，就算戰馬傷痕累累、消瘦枯黃，遙遙無期的歸途令人感傷，暫且拋開煩惱，大口喝著金杯裝的穿腸酒，免得因為思念而喪失了戰鬥意志。

　　在生活的壓力下，我們常常不得不振作精神，面對自己不喜歡或者厭倦的事物，如同反戰的戰士面對戰爭的未結束，也只有持續戰鬥。但再怎麼有體力、意志屹立不搖的人，總有他脆弱的時刻，巧的是，往往就在這個時候思念總是湧上心頭，平添了幾分愁緒盤繞眉間。

　　或許此時可以學學戰士，將排山倒海的思念及莫名的感傷，面對高山，試著用力吶喊而出，讓聲音在山谷中盤繞，好讓遠方的愛人能夠聽見，告訴他相思之苦不只有一人，提醒彼此不管未來的路如何的蹎礙難走，只要咬緊牙根渡過，幸福就在不遠處。

4. 燕燕

燕燕于飛，差池其羽，之子于歸，遠送于野，

瞻望弗及，泣涕如雨。

燕燕于飛，頡之頏之，之子于歸，遠于將之，

瞻望弗及，佇立以泣。

燕燕于飛，下上其音，之子于歸，遠送于南，

瞻望弗及，實勞我心。

仲氏任只，其心塞淵，終溫且惠，淑慎其身，

先君之思．以勗寡人。

　　未歸的燕子，揮動黑白羽翼的盤旋，口中呢喃之音迴盪天
際。燕群下，送行者孤獨的佇立荒野，向南注視著越走越遠的新
婚花轎，直到花轎消失在霧中。送行者拼命忍住眼眶的淚水，卻
還是不小心掉落了一滴。

　　對未曾經歷婚禮的人可能會有所誤會，甚至有錯覺的猜想，
難道這個婚姻是不被他人祝福嗎？這個傷心之人又是誰？

　　這答案要從婚禮對男女的意義差異說起。不同於男性，女兒

[156] 古詩，我的能量補給

出嫁後改變的不只是姓，也改變了原本家庭的成員，她將面臨一個全新的家庭。對嫁女兒的親人來說，無法照料她的生活還在其次，重要的是發生了意外事件，更是輪不到娘家的人來插手，於是婚禮成了離別的場所。

這首詩便是心疼妹妹的兄長，擔心她未來的生活，除了目送花轎離去，在他心中還不忘叮嚀：「阿妹啊！從此以後你要信任丈夫，常保如淵般深厚的心胸，常保個性溫和柔順，為人要心存善念，常想起先父叮嚀的話，做兄長的我也是這樣告訴自己。」

人說長兄如父，尤其當父親已經往生，妹妹的婚事只得由兄長全數打點，而背負重任的兄長擔心做得不夠好，又怕妹妹尚未懂得人情世故便已嫁人，萬一遭受夫家的欺負怎麼辦，所以連人都走遠了，還不忘在心中再次叮嚀。

離別本來就是難過的事，不論是「相見時難別亦難」或是「別時容易見時難」，千里相送，終須一別，但願南飛的燕子，可以把哥哥的叮嚀送到妹妹心中。

5. 氓

氓之蚩蚩，抱布貿絲，

匪來貿絲，來即我謀，

送子涉淇，至于頓丘，

匪我愆期，子無良媒，

將子無怒，秋以為期。

乘彼垝垣，以望復關，

不見復關，泣涕漣漣，

既見復關，載笑載言，

爾卜爾筮，體無咎言，

以爾車來，以我賄遷。

桑之未落，其葉沃若，

于嗟鳩兮，無食桑葚，

于嗟女兮，無與士耽，

士之耽兮，猶可說也，

女之耽兮，不可說也。

桑之落矣，其黃而隕，

自我徂爾，三歲食貧，

淇水湯湯，漸車帷裳，
女也不爽，士貳其行，
士也罔極，二三其德。
三歲為婦，靡室勞矣，
夙興夜寐，靡有朝矣，
言既遂矣，至于暴矣，
兄弟不知，咥其笑矣，
靜言思之，躬自悼矣。
及爾偕老，老使我怨，
淇則有岸，隰則有泮，
總角之宴，言笑晏晏，
信誓旦旦，不思其反，
反是不思，亦已焉哉。

　　別以為自由戀愛是現代產物，古人同樣期待能嫁給自己所
愛，就像詩歌中的女主角，等待中回憶起情人。

　　「他是個只會傻笑的農家子弟，抱布說要來換絲，我心知肚明
他不是想換絲，只是找個機會來談婚事。不久後，當我準備送他

橫渡淇水，來到離別的頓丘時，悄悄的告訴他，不是自己想耽誤佳期，只因沒有媒妁之言，希望他不要生氣，我們到了秋天自然能夠相見。」

原本只是女主角的小小矜持，卻換來苦等男子的歲月。

「我登上殘破的土牆，反覆的遙望遠方，涕泗連連只因不見他，好不容易等到他來到，我倆又說又笑。他說他去求神問卜，卦象裡沒有任何凶兆，於是駕著馬車來，好為我搬嫁妝。」

故事進行到此，我們看到一對相愛的情人決定兩人的婚姻，如同現在的自由戀愛。然而自由戀愛的婚姻就會比父母之命來的好嗎？會有從此過著幸福快樂的結局嗎？

故事繼續進行，忽然來個大轉折，女主角感傷的唱著：「桑葉尚未飄落，葉子仍發出光澤，貪心的斑鳩可別吃了它。各位年輕的姑娘可別迷戀著男人，他若是愛上你，要丟可容易，換成你迷戀他，要解脫可就難。」

這會是由幸福的女主角所說的嗎？怎麼似乎有點苦澀感覺，感嘆卻不止如此，她繼續悲唱。

「看著桑葉飄落，枯黃的任由墜落，想到嫁你多年受盡煎熬，現在卻要我回娘家。我來到茫茫淇水，水花濺濕了車帷。試問我沒做錯什麼事，是你改變了吧！你不只反覆無常又三心二意，而

我多年來遵守婦道，面對繁重家事也無怨尤，早起晚睡絕非一朝，好不容易家業有成，你卻對我施暴，我的兄弟不知實情，還笑呵呵的祝賀我嫁個好丈夫，靜時想想也只能獨自悼念。

當年白頭偕老的誓言，還沒老卻已變心；淇水再寬仍有岸，沼澤再廣也有盡，回想少年時光，溫柔笑語不止，信誓旦旦的曾經。不料說背叛就背叛，還是不要再想過去，就當它從此結束。」

你是否曾遭遇背叛？你又如何面對？有人無法接受的反目成仇，打算來個玉石俱焚才甘心，然而人若是變心再怎麼挽回也沒有用，即使把他留在身旁，心卻是在別人身上，這樣會好受嗎？

分手了，過去的不如意就讓它隨風飄逝，想的時候很苦，想過了就該想開，年輕的歲月曾有過的美好，就讓它停留在那一段，要像女主角說的，別再想過去，結束就是結束，或者告訴自己分手快樂，往後的日子有更多幸福的可能。

6. 南山

詩經‧齊風

南山崔崔，雄狐綏綏。

魯道有蕩，齊子由歸，既曰歸止，曷又懷止！

葛屨五兩，冠緌雙止。

魯道有蕩，齊子庸止。既曰庸止，曷又從止！

蓺麻如之何？衡從其畝。取妻如之何？必告父母。

既曰告止，曷又鞠止！

析薪如之何？匪斧不克。取妻如之何？匪媒不得。

既曰得止，曷又極止！

「雄偉的齊國南山有隻雄狐緩緩走著。在通往魯國的平坦道路，齊襄公的妹妹姜文將由此遠嫁，既然她已嫁人，為何又對她思念不止！葛布做成的鞋子總是並列成雙，頭冠的帽帶也是成雙成對。通往魯國的平順道路，姜文將由此嫁人，既然已要嫁人，為何還跟著她的路！」

相愛的人暗自認定彼此是自己最終的港口，然而世事多變，突然發現對方即將嫁人，禮堂中的另一半卻不是自己，相信遭受

的打擊將是多痛，詩人就是情人要嫁給他人的男主角，不知覺的跟著婚禮隊伍，走在相同的道路上，像是形單影隻的狐狸。

雖然新郎不是我的事實已經造成，但詩人過去所做的努力又算什麼？於是質問新娘的父母：

「若要種植好的麻樹，就必須翻動縱橫的田畝，想要娶妻的話，得先要稟報她的雙親，要砍柴的話，也該有把斧頭，想要嫁娶也要有媒妁之言。這些該做的事，我都努力完成，該稟報也都說了，為什麼你們還讓她如此放肆？既然答應我的媒妁之言，為何又讓她不來？」

傳說愛情是人在尋找失去的另一半靈魂，於是有緣遇見心儀的對象，甚至論及婚嫁時，的確讓人欣喜萬分。

諷刺的是，當自己歡歡喜喜的準備迎接新婚，卻發現對方早已暗地另結新歡，除了憤怒外，總是難免會有感傷，懷疑自己究竟是哪做錯，為何按照禮俗辦事卻還不能迎娶對方？或許還憤慨著不知道她轉嫁的男人哪點比自己強？

女人心海底針，哪是男人一顆腦袋便可摸透，若不幸所娶非人的話，應該慶幸自己早點發現，否則對方像氣候般難以捉摸的個性，誰敢保證婚後不會背叛自己。下一個男人或女人不見得更好，但不合適的就該盡早分手，天涯何處無芳草！

7. 鴇羽

詩經・唐風

肅肅鴇羽，集于苞栩。王事靡盬，不能蓺稷黍。

父母何怙？悠悠蒼天，曷其有所！

肅肅鴇翼，集于苞棘。王事靡盬，不能蓺黍稷。

父母何食？悠悠蒼天，曷其有極！

肅肅鴇行，集于苞桑。王事靡盬，不能蓺稻粱。

父母何嘗？悠悠蒼天，曷其有常！

　　絕大部分的鴇（雁子）總停留在河畔，用牠的蹼游走水面，若是簌簌的揮動翅膀起飛，接著成群結隊的落在栩樹、栗樹、桑樹上，那會是個天下奇觀，然而為什麼會有這樣不合常理的現象？唯一的解釋是，農夫們沒有好好的耕種農作物，讓雜亂的樹木自由生長，連農地都被植物侵占。若是這樣，原本應該汗滴禾下鋤的農夫在做什麼？偷懶嗎？吃飽喝足了不想工作嗎？

　　其實農地的主人正為王室的差事忙碌，他的心中也還為無法下田的事情煩惱著。他暗自悲泣：

　　「王家的差事若不休止，便無法下田耕種。假如不能去種植小

麥、高粱跟稻米，家中妻兒哪裡來的依靠？又要用什麼去奉養雙親？拿什麼讓他們品嚐？悠悠的蒼天在上，請告訴我何時才能夠回家？我要做到何時才能停止？生活何時能夠恢復正常？」

原來這才是農夫的苦衷啊！

中國有眾多著名的建築，萬里長城便是最有名氣的一座。當你踏上長城，欣賞美麗迷人的塞外風光，感受風吹日曬的歲月痕跡，驚嘆無盡蜿蜒的城牆時，有沒有想過這些都是祖先們用血汗換來的代價，當時他們可是離鄉背井的工作，甚至拋妻棄子的被抓來勞動，才能成就你眼前的一切。

偉大兩字，背後藏著多少不為人知的血淚史，詩歌正為那段歷史留下見證，後代子孫的我們則不斷從中品嚐，下次當你驚嚇偉大的人類文明時，除了拿起相機拍照留念外，也在心頭默默的感謝祖先吧。

8. 葛生

詩經・唐風

葛生蒙楚，蘞蔓于野。予美亡此，誰與獨處？
葛生蒙棘，蘞蔓于域。予美亡此，誰與獨息？
角枕粲兮，錦衾爛兮。予美亡此，誰與獨旦？
夏之日，冬之夜，百歲之後，歸于其居。
冬之夜，夏之日。百歲之後，歸于其室。

　　墳墓向來給人的印象總是陰森森，不僅是因為葛藤叢生覆蓋了荊樹的表面，還有那蘞草蔓延了整個野土。於是人煙稀少成為墓地平時的景象，除了每年的祭日，人們即便閒來無事，也不會想到墓地走動。

　　當然這也有例外。若是你摯愛的親人剛剛下葬，情況或許就大大不同。失去的悲痛，讓你打從心底的忘了害怕恐懼，反而在他的墓旁流連忘返，甚至幻想對方仍為活人，擔心他是否寂寞，問著：「現在是誰跟你作伴？我想應該是孤獨吧！」

　　往生的人是否毫無知覺，是否有寂寞的感受，我們不可能知道，會有寂寞感是因為失去親人的傷心與無助，是孤單的知覺，

從此而後自己將孤零零的活在世上，這寂寞是自己的寂寞。

　　寂寞悲傷又能如何？所謂人死不能復生，再難過也喚不回深埋地底的愛。但詩人想到以後將獨自面對炎炎夏日及漫長的冬夜，便偷偷許下心願，願在百年後，自己可以立刻趕赴黃泉與對方重逢。

　　我們都會經歷失去親人的悲傷，那股整個人像要死掉的痛苦，卻忘了深埋地底的親人，會期望你在哀慟中度日嗎？應該是勉勵你活得更好吧。或許你們倆生前發誓：「不能同年同月同日生、但願同年同月同日死。」倘若有天真的發生意外，還是得好好把握剩下的人生，或可替對方完成尚未達成的心願，別呆傻的有輕生念頭。就讓雜草叢生，讓思念深根心底吧！但願親人就此安息，活著的我們，也該轉身朝向未來的道路繼續前行。

9. 谷風

詩經‧小雅

習習谷風，維風及雨，將恐將懼，維予與女；
將安將樂，女轉棄予。
習習谷風，維風及頹。將恐將懼，寘予于懷；
將安將樂，棄予如遺。
習習谷風，維山崔嵬。無草不死，無木不萎。
忘我大德，思我小怨。

「誰像你總喜歡帥哥，花痴一個。」甲女雙手叉腰的說。

「敢說我，我哪個男友的內在不比你男友好。」乙女不甘示弱的回著。

「你、你拜金主義。」甲女滿臉漲紅的說。

「你才是勢利鬼。」乙女繼續回擋。

這是好友間爭吵可能出現的對話，當腎上腺素刺激的憤怒，讓大腦停止運作而口無遮攔的咒罵。然而爭吵也是門藝術，有人在爭吵的過程根本不是在溝通問題，而是互揭瘡疤，把對對方的不滿，積壓已久的怨氣一股腦兒的傾倒而出，像洪水般的衝向對

方，甚至為了不在這場爭戰中戰敗，對方的優點甚至成為你攻擊的武器，這樣的爭吵可能不只是好朋友間，兄弟、夫妻還是其他的感情都有可能，然而不適當的爭吵不但不能解決問題，反而更加擴大。

「谷口風強烈的吹著，強風帶來了陣陣大雨，想起當年的惶恐和懼怕，惟有我陪你度過，終於安樂的日子到來，你卻轉而把我拋棄。谷風刮的強烈，風不斷的形成旋風，當年的遭受恐懼，彼此摟在懷中，安樂的時候到了，遺忘般的拋棄我。谷風仍吹個不停，刮過雄偉的大山，沒有草不死，也沒有樹苗不枯萎，你忘了我的優點，專記我的小毛病。」

在爭吵中適度的退讓，能緩和激烈的口角之爭，也可以有轉圜的空間，若是得理不饒人又咄咄逼人，最後的結局也只有老死不相往來，人是有感情的動物沒錯，但別讓情緒掌控你的行動，聰明的人靠腦行事，反者是靠感官衝動行事。

10.
採薇歌

伯夷、叔齊

登彼西山兮，採其薇矣，

以暴易暴兮，不知其非矣。

神農虞夏忽焉沒兮，我安適歸矣？

于嗟徂兮，命之衰矣。

「登上西山，採著豌豆充飢。這時代用暴力取代暴力，人們分辨不清是非對錯，神農虞夏以來的安適生活突然消逝，我安適的地方在何處？多可悲啊！將赴黃泉，這是命中注定的衰敗呀！」

記得聽過一個小故事：某個教室，瀰漫著緊繃的氣氛，台下的學生們臉上寫滿著嚴肅兩字，導師則靜靜的坐在一旁，講台上，班長正主持著班會，黑板寫著討論的議題：「如何懲罰打人的某某同學」

首先發難的同學開炮說：「我覺得應該用相同的方式懲罰他，讓他嚐嚐被打的滋味。」不願見到暴力行為的女生則說：「其實他也沒這麼壞，平常他的表現還不錯，我想他可能有什麼苦衷。」說完後，其他同學接著一言我一句來往辯論，始終沒個結

論。時間一分一秒的消失，老師看看手錶後發現時間已晚，情況也越演越烈，便出聲說：「同學暫停一下，我想我們問問受害者的想法。」此時原本保持沉默的受害者，緩緩的站起來說：「我想以暴制暴的方法，換來的是他對其他同學繼續施暴，我認為解決的方法是不對他做任何懲罰，讓時間來決定一切，他若是再犯，我想老師也不可能不理會的。」

在他說完的同時，所有同學將目光朝向老師。老師先是笑笑不語，然後說：「你們剛剛說的都對，每個人都用自己的方法解決問題，但受害同學的話是為了避免事件的發生，歷史上古今中外以暴制暴的事件從未間斷，但換來是什麼樣的生活，保護自己還是兩敗俱傷，希望這討論會對你們有所幫助。」

十分佩服故事中的受害者，不以怨報怨而是以德報怨來解決事情，必要的處罰是希望他深記教訓，過度的懲罰有時會造成反效果，這個小故事不就跟詩歌告誡的主題一樣，以暴易暴是不會有善終的。

11. 琴歌之一

司馬相如

鳳兮鳳兮歸故鄉，遨遊四海求其皇。

時未遇兮無所將，何悟今兮升斯堂。

有艷淑女在閨房，室邇人暇毒我腸。

何緣交頸為鴛鴦，胡頡頏兮共翱翔！

舞台上正搬演著動人的愛情故事，椅子上的他卻坐立難安，生平第一次跟女孩子約會，難免有小鹿亂撞的心情，不斷猜想自己的表現可好？行為是否合宜？

所以戲劇究竟好不好看，早已不在他關心的範圍，腦子裡胡亂飛舞著天外而來的思緒，耳邊傳來的悠揚琴聲，讓他想起司馬相的短賦，而台上的演員彷換上了漢朝民服，幽幽唱著：「鳳啊！鳳啊！為了尋求心目中的凰而遨遊四海，現在終於回到故鄉，卻還是沒有結果，只因時機不對吧！如今有緣來到卓家堂，聽說待字閨中的美麗佳人，就在不遠處的房內，為何彼此的感覺似乎非常遙遠。我倆咫尺天涯，如同毒藥傷我心腸。什麼時候才有緣做恩愛的鴛鴦夫妻，一同遨遊天際？」

樂聲停歇，他忽然覺得方才似眞似幻的冥想深深觸動心房，自然而然的望向身旁的女子，頓時有種踏破鐵鞋無覓處、得來全不費工夫的感觸。

　　多年來在人間尋尋覓覓，爲的就是找尋可以分享生命中的一切，不論是歡笑、悲傷、難過、榮譽…等，然而身旁的她不知道是不是他的終點站。

　　忽然女子兩眼汪汪的轉頭，視線正好與他相對，他看著對方瞳孔中模糊的自己，剛剛不安的念頭瞬間一掃而空，當下明白對方就是心中追求已久的心靈佳偶，女子的淚水此時也緩緩停止，換來的是臉龐微微漲紅，兩人就這麼一言不語彼此相望。

　　二人的結果如何，不得而知，只希望他們不像勞燕分飛的司馬相如與卓文君，爲美麗的愛情添上一筆壞帳。

12. 與劉伯宗絕交詩

朱穆

北山有鴟，不潔其翼。飛不正向，寢不定息。

飢則木攬，飽則泥伏。饕餮貪污，臭腐是食。

填腸滿嗉，嗜欲無極。長鳴呼鳳，謂鳳無德。

鳳之所趣，與子異域。永從此訣，各自努力。

　　我們常用饕餮來形容喜歡品嚐佳餚的人，這是比較美化的形容。其實饕餮兩字的意義是負面的，指的是貪婪不知節制的人，若以現代的生物學來分類，饕餮是屬於鷹的近親。

　　晴空萬里的北山之巔，鴟鷹飛快的盤旋天際，一邊揮動牠不甚乾淨的羽翼，一邊用牠銳利的雙眼巡視四周。牠忽上忽下的飛翔，沒有一定的方向，當牠累了，隨意找個場所便可休憩。當牠飢餓，眼角突然發現某個樹叢裡，一窩香甜的食物正等著牠，於是瞬間像閃電般直撲，酒足飯飽後，牠便將身子蜷曲在骯髒的泥地裡。

　　鴟鷹過分的貪心，連腐臭不堪的壞肉都能食用，剛剛才填滿了腸胃，鳥嘴裡也還塞得滿滿，仍毫無節制牠的嗜欲。當牠自以

為得意的進食時，鳳剛好經過牠的上空，鷂鷹抬頭看見，便嘲笑著鳳根本沒有才德，鳳聽見牠的聲音，也好笑的回著：「我和你是不同屬性的，就此別過，各自為自身的目標努力吧。」

多麼生動的描述，除了在最後加入中國想像的尊貴神物「鳳」外，詩篇從頭到尾都像電視的動物頻道，正介紹鷂鷹的習性。然而若是你曾注意到詩題，必會好奇鷂鷹跟絕交有什麼關係，難道詩人犯了文不對題的錯嗎？

其實不，詩這麼寫才是他最高招之處。假設我們不滿某人的行為，也不打算再當朋友，你怎麼寫絕交書，這首詩便提供了最好範本。

詩表面上說的好像是鷹，骨子裡罵的卻是絕交的友人，譏罵他做事沒有一定的準則，只會欺負毫無抵抗能力的弱小，甚至貪婪的本性表露無疑，還得意洋洋的炫耀。與這樣的人為友，詩人覺得還不如各自努力算了，從此也不需要再有關聯。

生活中我們會遇到各式各樣的人，和價值觀相似的人做朋友，未來的路途上可以相知相惜；若跟價值觀差異頗大的人為友，況怕將來也會起衝突。所以若明知不適合當知心朋友，就別讓彼此太過接近，否則受傷的就是自己。

13. 有所思

漢樂府・鐃歌

有所思，乃在大海南。

何用問遺君？雙珠玳瑁簪，用玉紹繚之。

聞君有他心，拉雜摧燒之。摧燒之，當風揚其灰。

從今以往，勿復相思！相思與君絕！

雞鳴狗吠，兄嫂當知之。

妃呼豨！秋風肅肅晨風颸，東方須臾高知之。

　　情人爲了生活分隔兩地，跟隨而來的是相思難耐的折磨，和看不見對方的苦。苦的除了是因無法就近照顧外，重要的是不曉得對方近況，或許有的情人會像列表般的報告行程，但除非親眼見到對方，否則還是無法放心，假如此時還發現疑似偷吃的情形，猜疑心便會更加氾濫，最後走上分手一途，這或許是長距離的戀情總沒有好結果的因素之一吧。

　　「遙遠的大海南方，有我思念的人啊！想送信物給遠方的郎君，藉此表明自己堅貞的愛意，願意等待郎君歸來。但該送什麼好呢？就送自己最心愛的雙珠玳瑁簪吧！但這樣的簪子似乎太過

單薄，恐怕郎君會稍嫌心意太輕，不如再用玉裝飾一下。

　　想起前些時候聽聞郎君移情別戀，剛剛還柔情似水的心頓時化為怒火，悲痛的將剛完成的書信，瞬間的拉斷、摧裂，甚至還嫌不夠的再用火一把給燒了，任由微風將殘骸揚起吹散空中，消失的無影無蹤。暗自發誓，下定決心不再想你，相思永遠跟你沒有瓜葛。雖這麼說，但是過去我們半夜約會，不小心驚動了家中雞犬，哥哥嫂嫂想必也清楚我倆的事，如今你有了二心，叫我以後拿什麼見人。悲哀啊！秋風肅肅，晨風涼沁，我清楚的知道，天快亮了而一天又將開始。」

　　思念讓人無法定下心來，還會越來越沉重，壓得人喘不過氣來，想找方式紓解一下，就像是詩人在孤獨的夜寫信以排遣寂寞。但隨著多疑猜測，吹皺了心中的一池春水，反而五味雜陳，從相思的甜蜜、不甘的憤怒，到接近歇斯底里。

　　沉靜的夜，的確有著很好的思考氣氛，但是想太多，反而一夜無眠，更讓愁苦堆滿臉。何必呢！疑惑是該親身力行的解決，而非空想，或許答案並非你樂見，但長痛不如短痛，痛後，重新的過活，人生還有好長一段路呢。

14. 平陵東

漢樂府

平陵東，松柏桐，不知何人劫義公。

劫義公，在高堂下，交錢百萬兩走馬。

兩走馬，亦誠難，顧見追吏心中惻。

心中惻，血出漉，歸告我家賣黃犢。

　　漢昭帝的平陵墓東，松柏梧桐高大參天，如此莊嚴的聖地，
竟然發生了駭人的搶劫事件，不知哪裡來的強盜，趁著人煙絕
跡，做起了見不得人的搶人勾當，把義公強行綁架勒走。

　　接到消息的義公家人十分擔心，趕緊前往高堂報官，沒想到
貪財的官員，竟向他們勒索，說要先交錢百萬再加上兩匹好馬，
才願意辦這檔事。生活困苦的都快過不下去了，哪能負擔得起這
般敲詐，好比官吏開口的好馬，總難追上，但為了救人只有姑且
一試，回家想想有沒有法子，離去前回頭看著追迫的官吏，心中
更是隱隱悲痛。悲痛至極，如同心頭滴著鮮血，還是忍痛賣了家
中的小黃牛，好籌錢救救義公。

　　如此寫實的官盜勾結，人民生活已經疾苦，黑白兩道卻都還

想從百姓身上找些財源，不如就黑白兩道合作，由黑道的盜賊扮演劫人的角色，再由白道的官府實際勒索，兩方均可獲利。完全不顧犧牲的是百姓的血汗辛苦錢。

像詩歌中的小黃牛，農家原本打算養大後幫助耕田，但遇到了這件突如其來的意外，為了籌錢也只能忍痛賣了。多麼無辜的百姓，平日提防盜賊已經心疲力竭，這會兒連官府都加入參與的行列，如何不叫人痛心，雙重的壓榨不斷上演，可說是防不甚防，也沒有解決的辦法啊！

清廉好官真的有嗎？官盜勾結或是官商勾結的事，如今已經消失了嗎？還是漸漸演成在檯面下進行罷了！黑道也就算了，那些對著人民高呼著不貪污、不收黑錢、值得信賴的候選人，原本應當是人民最信任的官員，是不是帶著面具的黑道分子呢？生活真能高枕無憂嗎？

15. 飲馬長城窟行

漢樂府

青青河畔草，綿綿思遠道。

遠道不可思，宿昔夢見之。

夢見在我旁，忽覺在他鄉。

他鄉各異縣，輾轉不可見。

枯桑知天風，海水知天寒。

入門各自媚，誰肯相為言。

客從遠方來，遺我雙鯉魚。

呼童烹鯉魚，中有尺素書。

長跪讀素書，書中竟何如？

上言加餐飯，下言長相憶。

　　河畔長滿了青青野草，就像心中無盡的相思，綿延地追隨著他的腳步到那心中思念的所在。日夜夢見的他，有時近的像在身邊，有時遙遠的像在天邊，然而現實中各居異地的兩人，不論如何奔走輾轉仍是無法相見。

　　枯黃的葉都已感受了寒風，無情的海也知覺了寒冷，她一個

活生生的人怎麼會沒感覺，感覺那些背後的冷言冷語，而又有誰願意替她說一句話。

守活寡並非女子所願，世間人情冷暖卻是毫無道理，狠心人趁機落井下石，沒人替她擋擋不斷來襲的寒風，甚至說句公道話。就在她開始心灰意冷，忽然有人送來一封信，要書童打開，一看是封夫君親筆所寫的信啊！感動的跪地讀了起來，想知道信中寫些什麼？攤開一瞧，發現只有簡單的幾個字「上言加餐飯，下言長相憶。」

一般在這個時候，她應該是感動的痛哭流涕或是如久旱逢甘霖的喜極而泣。然而她的傷心似乎無法停止，這是為什麼呢？試著為她想想，她每天殷勤的盼望和忍受冷嘲熱諷，難道是為了這幾句嗎？我想應該不是吧！

聽過一個十分有趣的說法，有人說她的心應該是非常怨恨，因為她沒想到自己守候這麼久，卻換來丈夫十個打發她的字，信裡完全沒提到什麼時候丈夫要回來，所以難道她不該埋怨嗎？即便生氣也是自然的。

喜歡聽甜言蜜語的女人，是該清醒清醒，別讓男人的幾句話又沖昏了頭。而男人也該給女人一個交代，青春有限，別再拖垮對方的青春了。

16. 婦病行

漢樂府

婦病連年累歲，傳呼丈人前一言。

當言未及得言，不知淚下一何翩翩。

「屬累君兩三孤子，莫我兒飢且寒。

有過慎莫笞苦，行當折搖，思復念之！」

亂曰：「抱時無衣，襦復無裏。

閉門塞牖，舍孤兒到市。道逢親交，泣坐不能起。

從乞求與孤兒買餌。」對交啼泣，淚不可止。

「我欲不傷悲，不能已！」探懷中錢，持授交。

入門見孤兒，啼索其母抱。徘徊空舍中。

「行復爾耳，棄置勿復道！」

　　單親家庭的父母，總比雙親家庭來的辛苦，若夫妻分離是因一方提早離開人世，勢必更加痛苦。

　　重病纏身的婦人將丈夫喚至床前，話還沒說個幾句，淚水就翩翩掉落，含著淚水囑咐：「小孩都託付給你，別讓兒子們飢餓受寒，犯錯的時候也別鞭打他們，我就要走了，我的思念會永遠

陪伴你們。」

　　此時，孩子的父親不只有失去親人的痛，還得擔心未來生活的苦，諷刺的是，妻子臨終的交代即將無法實現。飢腸轆轆的小孩無衣可穿，他來到了市集想想辦法，碰巧遇到親友，親友關心的問他近況，話還沒說，他便難過的無法起身，拜託親友借錢讓他買餅回去餵兒。

　　讓小孩饑寒交迫的他，不時地感到絕望，一面想到快撐不下去，一面又想起妻子交代的遺言，終於掉下傷心淚，好心的親友看到這樣也掏出些錢救濟他。金錢暫時解決的他，抱住銀子趕緊的回到家，才踏入家門，只見年幼的孩兒哭啼的要找媽媽，他抱起小孩，在空蕩蕩的屋子中哄騙，不斷的來回走著，哄著說以後不會再丟下他了。

　　這是可憐的故事！但別以為現代沒有這樣的事，我們不是仍常常聽到報導，說單親家庭的父母準備帶著兒女一同自殺，難道這些人不想要小孩健健康康的活著嗎？只是在競爭的社會，如何同時扮演好家中的兩個角色，加上如果突然失業，整個家便頓時瓦解。想想詩中的父親，早已將嚴父的形象拋至九霄雲外，相較過去妻子尚在的情況，生活可說截然不同，這是否也突顯了窮苦人家無力還擊人生中突發的打擊呢？

17. 白頭吟

漢樂府

皚如山上雪，皎如雲間月。

聞君有兩意，故來相決絕。

今日鬥酒會，明旦溝水頭。

躞蹀御溝上，溝水東西流。

淒淒復淒淒，嫁娶亦不啼。

願得一心人，白頭不相離。

竹竿何嫋嫋，魚尾何簁簁。

男兒重義氣，何用錢刀為！

在愛情的世界，有人期待的正是這樣一塵不染的純潔，像是山上的雪長年潔白，也像夜裡雲中月般皎潔無暇，甚至期望它能發出永恆的光亮。這是夢想而非現實，現實中，相愛了就難免有分手的可能，然而最糟糕的分手方式就是背叛。

女子突然聽說情人變了心，剛烈的她覺得對方，像在兩人的愛情白紙灑下骯髒的墨汁，憤怒湧入了腦中，立刻決定這樣的愛不要也罷，很快的約對方出來，準備分手。

「今天喝完了這杯訣別酒，明天太陽升起，我倆就像溝中的流水，徘徊後分道揚鑣，各自往東西奔去。」

這段話看似輕易的脫口而出，難道她未曾不捨這段感情，其實情況剛好恰恰相反，她是深思熟慮後決定的。然而假使女子真的重視，在她的心中沒有絲毫的難過嗎？

的確，難過是有的，她也掙扎過該不該放棄，但為了追求理想的愛情，讓她不得不做抉擇，選擇繼續等待理想中的對象。在她的理想中，若是真到白馬王子來臨的那天，一般嫁娶時的哭啼是不會出現。對她來說，衷心希望對方是個真心對待自己的人，從此可以白頭偕老也就夠了。

所以她說：「竹竿多麼的柔順輕盈，魚尾多麼的滋潤鮮活，男兒若是真的有情，相知相守何必用金錢才能實現呢？」

假設你到街頭做個「有沒有人願意用愛情換得金錢」的訪問，你會發現大多數的人會說不，我們卻又常常聽說，某人為了少奮鬥二十年而拋棄交往多年的女友另結新歡，甚至本來的女友變成地下情人，這豈不矛盾。我無意去批評為了金錢出賣愛情的人，然而是否想想，若連最純潔的愛情都成為金錢的犧牲品，在我們心靈世界還剩下些什麼是純淨的？

18. 行行重行行

古詩十九首

行行重行行，與君生別離。

相去萬餘里，各在天一涯。

道路阻且長，會面安可知。

胡馬依北風，越鳥巢南枝。

相去日已遠，衣帶日已緩。

浮雲蔽白日，遊子不顧返。

思君令人老，歲月忽已晚。

棄捐勿復道，努力加餐飯。

「世界上最遙遠的距離是？」有人會說：「是暗戀的人在身邊，卻不敢對她說我愛你。」有的人認為：「明知到對方是生命的另一伴侶，卻找不到相愛的開始。」然而，相隔萬里的現實距離，也是最遙遠的距離，多少戀人因此分了手，無疾而終，正說明愛情是無法忍受兩地思念。

相隔天涯的兩端，相通的道路漫長又危險，重逢又不知道要等到哪天？胡族的駿馬依著北風跑，越鳥懂得在朝南的樹枝築

巢，連動物都知道想家，你也應該思念家鄉了吧！然而，為什麼還不回來看我。分開的日子越久，人越消瘦，衣服寬鬆了，還是不見你的蹤影，難道就像浮雲遮蔽了白日，你禁不起誘惑，迷失心智，忘了時間，也忘了回家。

猜疑總在分離後開始，詩人看不見情人的苦轉為胡亂猜忌，平時堅定的信任此時全失了功用。我們不也如此嗎？每當情人不在身邊，心就像懸了顆大石，懸著遲遲無法卸下的擔憂，人也漸漸地更顯蒼老。這樣的空等，想著可能被拋棄的事實，似乎更讓自己沉溺在無止盡的折磨中。詩人明白再持續這樣的情況，等不到相見的那天，人就已經魂歸地府，所以還是努力加餐飯吧！

鬱鬱寡歡的心病，是天下間最難醫的疾病，它不是像開個處方、動個手術如此簡單，就像人說心病仍須心藥醫，然而心藥在哪？有人將心藥寄託給思念的人，等他回來病才能痊癒，然而等著他人給藥方醫治，萬一這個人從此不回來，怎麼辦？乖乖等死嗎？像這樣消極的想法，是將自己的命運交給他人。換個方式，若是積極的改變自我心態，由自己開個心藥給自己服用，從心中解套，仔細想想自己為他苦過了，痛過了，人還是沒有回來，那麼生命就不該浪費在等待中。

19. 迢迢牽牛星

古詩十九首

迢迢牽牛星，皎皎河漢女。
纖纖擢素手，札札弄機杼。
終日不成章，泣涕零如雨。
河漢清且淺，相去復幾許。
盈盈一水間，脈脈不得語。

　　稀疏的星空，牽牛星懸掛天際邊，它的對面就是皎潔明亮的河漢女（即織女星），那正是他心愛妻子的星星。織女每天不停的織布，織布機發出札札聲，織了一整天無法織好整塊布，淚水倒是像雨般的直落。

　　牽牛、織女、夜雨，在詩人心中構成了一幅圖像，雨就像織女的淚，這樣的圖像讓詩人疑問，閃爍的織女為什麼難過？銀河看起來又清又淺，跟牛郎的距離並不遙遠啊！為什麼妳總是孤獨落淚，靜靜的待在另一邊，終年與心愛的牛郎相望。

　　這個提問，詩人明的是問織女星，暗地裡問的卻是現實生活的心上人。既然我倆互相喜歡，距離又不是問題的話，不應該只

停留在知道彼此的傷心難過，你究竟爲了什麼要這樣折磨我呢？在這，詩人強烈的告訴情人，愛就要勇敢地說出口，別只是靜靜地看，悄悄地等，這樣只會讓痛苦逐漸加深。

想想，有情人不見得能終成眷屬，像羅密歐與茱麗葉，倆人爲愛反抗家族，最後犧牲了生命；中國著名的梁山伯與祝英台，他們爲愛生死相隨，最後雙雙化爲蝴蝶；牛郎織女成爲了夫妻，到頭來卻只能隔著銀河相望，這些古今中外的愛情悲劇，都是有人從中作梗。

她與情人沒有這樣的困擾，爲什麼卻還在原地踏步？或許詩人寫這首詩是送給情人，暗示他趕快行動。猜想，詩人的情人或許是個呆頭鵝，不曉得愛就該即時行動，希望他接到詩後已經出門提親，兩人歡歡喜喜的拜堂，可別等到有人阻止他們相愛，才後悔沒有緣定三生。

20.

上山採蘼蕪

無名氏

上山採蘼蕪，下山逢故夫。

長跪問故夫，新人復何如？

新人雖言好，未若故人姝。

顏色類相似，手爪不相如。

新人從門入，故人從閣去。

新人工織縑，故人工織素。

織縑日一匹，織素五丈餘。

將縑來比素，新人不如故。

　　通往山頂的道路，有個提著滿滿蘼蕪籃子的婦人，踩著蹣跚的腳步下山，在半路忽然遇到久別的前夫，按照過去的禮節對他跪拜，接著問：「聽說你剛剛新婚，不知新娘是個怎麼樣的人？」前夫聽完，面有難色的回：「是個不錯的人，不過沒有妳的漂亮，即使穿上同樣華麗的衣裳，手腳還是不相同。」

　　多麼令人納悶的對話啊！女子若是男子的前妻，為什麼要對她說新娘不如她。是為了休妻而悔不當初，還是另有的隱情。

原來是男子新婚後，不論從布料的好壞或長度來看，都發現新人（新娘）的手工比不上故人（前妻），所以發出沉重的感嘆聲，感嘆還是前妻好，然而自己再娶的事實卻已無法改變。

　　這裡我們看到一個慚愧的男子訴說著懷悔。然而女子如有他所說的優秀，為什麼當初他要休妻重新再娶，是因為貪圖新人的美色嗎？關於這個疑問，我想可以從蘼蕪兩字解釋。

　　蘼蕪是種香草，將蘼蕪的葉子風乾後做成香料，佩帶身上，傳說可以祈求多子多孫，詩裡描述女子上山採蘼蕪，即是暗示讀者，女主角求子的心切，這麼說女主角如今也已改嫁，所以需要上山採蘼蕪祈求子嗣，到此想必你應該可以猜出女子為什麼被休，原來是前夫嫌她的不孕啊！

　　中國人受到「不孝有三，無後為大」的觀念影響頗深，於是女人一結婚，便背負了重要使命，即是無論如何要為夫家傳宗接代，這使命直到生了男孩才算完成。別說不孕，假使連生好幾胎都是女孩，縱使是個三從四德的好女人，這時也無法改變丈夫再娶小妾的命運。萬一不幸真的不孕，休妻是註定的命運，或許她的丈夫十分深愛她，但在家族的脅迫下，男人也不得不屈服低頭。

　　現代的醫學證明，不孕男人也要負些責任，這不只是還女人

一個公道，也是破除過往迷信的好時機。人都會期望有個自己的孩子，然而上天若是註定你命中無子，也該坦然的接受，若是將婚姻若建築在有無子嗣上，可見人仍逃脫不出封閉的守舊觀念。

沒有孩子是個遺憾，但失去心愛的伴侶不也是遺憾嗎？希望別把這兩件事放在天秤上秤，否則對於不孕的人實在太不公平，因為上天早已剝奪她的權利，人們卻又要加深她的痛，試著找尋圓滿解決的辦法吧！

卷五

確認生活的目標

盲目的活著，不如清醒的暫
緩腳步，每一份心力與付出
都有其應有的代價。

1. 漢廣

詩經・周南

南有喬木，不可休息，漢有游女，不可求思，

漢之廣矣，不可泳思，江之永矣，不可方思。

翹翹錯薪，言刈其楚，之子于歸，言秣其馬，

漢之廣矣，不可泳思，江之永矣，不可方思。

翹翹錯薪，言刈其蔞，之子于歸，言秣其駒，

漢之廣矣，不可泳思，江之永矣，不可方思。

「南方粗壯的高樹豎立前方，我一刻不得閒的砍著。對岸來了幾位佳人，佳人歡樂嘻笑的走過，勾起我的愛慕之意，然而滔滔不絕的江河阻隔我們，縱使我有心追求卻也遙不可及。」

人對情感的需求，並不會因忙碌的生活而有所降低，即便是每天辛苦伐木的樵夫。樵夫在辛苦的伐木中，巧遇美麗的女子，產生了愛的美麗憧憬，忍不住唱起心中的情歌。

「高聳的雜草叢生，我為了生活努力砍材，假如女子願意要嫁我，我會騎著餵飽的馬兒前來迎接，可是眼前的江河浩蕩寬廣，還是讓我無法接近她的身旁。」

唱著歌曲的樵夫，雖說是河流的阻隔，實際上是因為現實環境的差異，所以不敢放手一博，追求對方。若真的極為愛慕佳人，我想無論再寬的河流，他也可輕而易舉的飛躍而過。因此，樵夫屈服現實的困難重重，只是在腦海做做白日夢，偷點幻想罷了！

　　稱做幻想便表示終會破滅。然而我們該相信樵夫，把原因歸咎於江河的寬廣，還是樵夫自己缺乏信心的事實？人生的際遇上，誰不曾有過幻想，幻想美麗的夢可以實現，只是大多都破滅。雖然這只是個樵夫的幻想美夢，卻也為他的人生畫冊添上一筆，而詩歌紀錄著年輕男子的青春及曾經想愛的心。

2. 東方未明

詩經・齊風

東方未明，顛倒衣裳，顛之倒之，自公召之。

東方未晞，顛倒裳衣，倒之顛之，自公令之。

折柳樊圃，狂夫瞿瞿，不能辰夜，不夙則莫。

　　破曉時分，一群酣酣大睡的人突然聽到急促的起床號，緊張的從床上跳起，忙著摸黑找衣褲穿，於是忙中有錯將衣褲上下顛倒穿著。如此匆忙的情況，最常出現在一般人的起床時間，那時精神尚未清醒，特別容易出糗，尤其那些每天被逼著早起的人，像為雇主做事的工人或者軍中服務的士兵。

　　我也曾有過類似的經驗，記得有次從睡夢中醒來，發現即將遲到，連忙的隨手刷牙洗臉後出門，追趕上將要發動的公車，卻發現腳上穿著不同顏色的襪子，糗的整天都不敢蹲下綁鞋帶。

　　但我比詩中的主角們幸福。辛苦的他們在睡眼惺忪，意識還沒完全清醒時，卻被監工快速的催促到工作場做事，編織新的柳條，修補破損的籬笆，虎視眈眈的監工，日以繼夜，毫不鬆懈地監視他們。

不論古今，為了討生活，人常常不得不調整生理時鐘去配合工作，辛苦的是早晚上班的時間不一，身體很難調適的過來，這也就是為什麼大家說苦甚至感嘆的原因。感嘆歸感嘆，縱有滿腹的無奈，人還是得繼續為生活低頭，這或許就是所謂的現實。

　　然而即使現實有太多無奈，若選擇一個適合自己的生活哲學，或是有效的規劃生活步伐，像是多多抽空到郊外走走，培養有助身心的休閒娛樂，定期做健康檢查……生活已經如此的顛簸，更應該學會照顧自己，千萬別讓忙碌的生活擊倒你！

3. 東方之日

詩經・齊風

東方之日兮，彼姝者子，在我室兮；
在我室兮，履我即兮。
東方之月兮，彼姝者子，在我闥兮；
在我闥兮，履我發兮。

太陽，終年東昇西落，縱使下雨或陰天時看不到他的蹤跡，依舊如此行走，日復一日，從不暫歇。

月兒，終年陰晴圓缺，雖然下雨或濃雲時看不見他的倩影，依然如此漫遊，月復一月，未曾停止。

是什麼樣的動力？讓日與月心甘情願這樣持續的走不停，理性點來說的話，是大自然的力量所造成；感性點的人眼中，便有了不同的答案，尤其在熱戀中的情人。

看到剛剛昇起的東方之日啊！就幻想日影如同心愛妹子的身影，不論人走到哪？影子就跟到哪？採著腳印，跟著自己在室內到處走，亦步亦趨，不曾遠離啊！不只是日影，看到月影也是如此，同樣幻想，月影是否也正如對方的身影，跟隨自己漫步遊走

啊！

　　戀愛，人類歷史上最浪漫的樂章，多少轟轟烈烈的愛情故事，述說著他們的曾經，即便每個時代戀愛的方式會改變，思念的心，仍始終佔據在那？溫柔侵蝕著戀人的思緒，日有所思，夜有所盼。於是，日月成為他們寄託的對象，撫慰著心房，讓戀愛的苦，添上淡淡的的糖，甜澀交加，讓人深陷。

　　人類的壽命比不上日月長久，然而有些精神層面的事物，卻能永恆，只要有人類的一天，相信愛情不死，戀愛，將繼續譜出愛的樂章，感動世人的心。

4. 新臺

詩經‧邶風

新臺有泚，河水瀰瀰，燕婉之求，蘧篨不鮮。

新臺有洒，河水浼浼，燕婉之求，蘧篨不殄。

魚網之設，鴻則離之，燕婉之求，得此戚施。

　　俗話有云：女怕嫁錯郎。但古代婚姻制度多為媒妁之言，常常是媒婆受人之託前來提親，父母若是認可答應就算數，反而關係著自身未來幸福的出嫁閨女，連確認一下對方長相的機會都沒有，便搭上了花轎，抬進了夫家的大門。若是婚後發現嫁錯了郎，趁著回娘家時偷偷的哭訴，家人反倒勸她「反正都已出嫁，學著接受吧！」誰曉得新娘的內心是多麼無奈。

　　就是這樣的背景，迎接的隊伍來到河邊的新婚嫁臺，身為新娘的詩人忍不住哀怨的唱：「河水源源不絕的流長，新台的倒影非常鮮明，本來想求個安樂生活，卻嫁個醜如蟾蜍的郎君，就像撒下捕魚網，期待補個美男子，沒想到捕到一隻癩蛤蟆，心想過個安樂生活，卻得到個駝背醜老公。」

　　除了替她難過外，歌聲中我們發現新娘子似乎在指責媒人。

指責媒人當時說她將嫁個年輕俊美的少年郎，誰知人到了婚禮現場，才發現翩翩的少年郎竟然被掉包成糟老頭，這對新娘來說，不就如同一朵鮮花插在牛糞上嗎！叫她如何不難過哭泣。

　　相傳這是當時諷刺衛宣公好色的詩歌，原本美麗的新娘是要嫁給衛國公子，結果被未來的公公搶娶。這樣寡廉鮮恥的行為，竟是國君所為，子民不齒他的行為故作詩諷刺。其實不管詩最先指的是什麼，從人性的角度，誰願意拿自己的幸福開玩笑，只因他人私慾而斷送將來的新娘，總讓人不禁的替她惋惜啊！

5. 定之方中

定之方中，作于楚宮，揆之以日，作于楚室，

樹之榛栗，椅桐梓漆，爰伐琴瑟。

升彼虛矣，以望楚矣，望楚與堂，景山與京，

降觀于桑，卜云其吉，終然允臧。

靈雨既零，命彼倌人，星言夙駕，說于桑田，

匪直也人，秉心塞淵，騋牝三千。

　　一個國家最重要的就是領導者，好的領導會讓國家步向繁榮富裕，然而怎麼樣才是人民心目中的好國君。他可能不需要事必親躬，只要有顆虛懷若谷的胸襟，願意屈就他尊貴身分，四處巡視著人民生活，而詩歌便是歌頌這樣的君主。

　　農曆十月，天上的定星照耀整個夜空，人民正忙著建築新宮，他們利用日影測量著方位，只為建造楚丘的新室。有人在宮室四周忙著種植榛樹、栗樹、桐樹等樹，較大的樹便砍來做琴瑟，終於完成楚丘宮室。

　　衛文公常常登臨其上，眺望整個楚丘與堂城，他眼見所及均

[202] 古詩，我的能量補給

是山陵高地，接著離開新宮到農地巡視，關心人民的收成。他常常問卜，希望求個吉兆，期望有個好豐收，問卜的結果也常是順利安康。不只如此，他還會在及時雨停後，吩咐著車夫載他出門，趁著雨後天晴時，前往農地關心農情，難怪人民都稱讚他，真是一個有為正直的國君，心胸多麼的充實寬廣，而國中有三千良駒願意跟隨，就是最好的證明。

不論哪個時代，都需要優秀的領導帶領我們，不管他是天賦君權的皇帝，還是人民直選的總統，在市井人民的心中，只希望他能帶著我們步向安定的生活，讓生活過得更加舒服，別為了失業而煩惱。好的領導者不會為了權力鬥爭而犧牲人民的福祉，也不會只是想盡辦法擴張自己的權力版圖，現代的政治家常把：「民之所欲，常在我心。」擺在嘴邊，但試問他們跟執政者，是否真的曾用心去聽嗎？或者是說說罷了！

別只是玩政治圈的角力遊戲，也別讓人民對執政者失望，到時再說些什麼國家意識、民族意識、愛國情操，也無法挽回人民信任的心，說的再多不如讓事實來證明吧。

6. 兔爰

詩經 · 王風

有兔爰爰，雉離于羅，我生之初，尚無為，

我生之後，逢此百罹，尚寐無吪。

有兔爰爰，雉離于罦，我生之初，尚無造，

我生之後，逢此百憂，尚寐無覺。

有兔爰爰，雉離于罿，我生之初，尚無庸，

我生之後，逢此百凶，尚寐無聰。

　　白兔對於現代人來說，常與溫馴、柔順畫上等號，然而別忘了老祖宗說過：「狡兔三窟。」可見兔子的聰明可不比狐狸還差。而詩歌唱著：

　　「囂張野兔十分逍遙，山雞被捕真是慘啊！我剛剛出生的時候，人民不需要服兵役，長大後卻遭逢各種的災難，連尚未入睡都不敢說話。」

　　其中囂張的野兔便是諷刺那些狡獪人士。讓人感嘆卻是，法治代表的獵人抓的不是邪惡野兔，而是無辜的山雞，指控著生存的世界已經沒有規矩倫理可言。

就像生活現實中，好人不見的有好下場，反而是壞人當道，所謂「好人不長命，禍害遺千年」。好人每天擔心著未來生活，擔心國家不仁，徵召士兵打戰，這樣水深火熱裡，連睡覺都不敢睡，話都不敢說，甚至塞起耳朵不敢聽。

　　具有安全感的政府，不只是有好的國家領袖，政府官員的用任恰當與否也有極大相關，有良好品德的官員會讓人信任他的辦事能力，相反的話，則讓人憂心重重，不曉得官員是否有無貪污、走後門的事件。

　　假設讓這樣的人受寵當道，所謂上梁不正下梁歪，他的屬下也會仿效他的漏洞，人民的生活哪有安定可言，若是走到了群眾寧願矇上眼睛、搗上耳朵的地步，也不需要再談什麼國家談向心力。

7. 將仲子

詩經・鄭風

將仲子兮，無踰我里，無折我樹杞。豈敢愛之？
畏我父母。仲可懷也，父母之言，亦可畏也。

將仲子兮，無踰我牆，無折我樹桑。豈敢愛之？
畏我諸兄。仲可懷也，諸兄之言，亦可畏也。

將仲子兮，無踰我園，無折我樹檀。豈敢愛之？
畏人之多言。仲可懷之，人之多言，亦可畏之。

　　俗話說：人言可畏。然而人是群居的社會，一定會存在他人
的聲音，可怕的是那些喜好聊人是非的八卦，謠言充斥生活週
遭，它的可怕在將原本單純的事情說的不堪入耳，毀人的名譽，
詩人所處的時代也是如此，於是她告誡著情郎：

　　「拜託你啊！我的仲子哥，千萬別翻過我家的圍牆、園子，也
　　別爬過杞樹、桑樹跟檀樹。我哪是捨不得那些樹木，只害怕父母
　　知道、兄弟發現、還有那鄰居們的閒言閒語，你雖然值得我愛，
　　然而父母、兄弟、別人的話，也讓我深深畏懼啊！」

　　對尚未出嫁的閨女，維護自己的貞節比任何東西都來的重

要，不但是害怕父母、兄弟們的責罵，萬一鄰居們傳出敗壞家風的八卦，那會使全家人在別人面前抬不起頭。詩中女子便是考慮這點，所以即便她內心十分欣賞對方，也只能告誡情人由正常的管道交往，別私底下偷偷摸摸的來往，否則將造成不可抹滅的傷害。

　　盲目戀愛觀者，他們的眼中只有情人彼此，並不顧及他人的感受，相對大家不看好的機率也就提高。受到眾人祝福的戀情，不是比沉溺於兩人世界的多點幸福嗎？至少在父母這關上沒有那麼的困難，偉大的愛情不只有羅密歐與茱麗葉般壯烈一種，平凡的幸福不也很好嗎！

8. 豐

詩經 · 鄭風

子之豐兮，俟我乎巷兮，悔予不送兮。

子之昌兮，俟我乎堂兮，悔予不將兮。

衣錦褧衣，裳錦褧裳，叔兮伯兮，駕予與行。

裳錦褧裳，衣錦褧衣，叔兮伯兮，駕予與歸。

　　人生不論談過多少次戀愛，總有一兩次印象最爲深刻，深刻的理由可能因爲它是你的初戀，也可能它愛的最轟轟烈烈，也可能它讓你不斷回味當時的甜蜜，然而有人深刻的理由卻是充滿後悔的回憶。

　　「他長得多壯碩，總是站在我家巷口等候，只怪當時的我未去送行，雖然後來他又在禮堂等我，膽怯的我仍然未到，現在眞後悔當時沒有跟隨他，徒留滿心的懊悔。」

　　好的時機錯過便無法挽回，即便你懊悔不已，悔恨的詩人只有藉著想像來安慰自己：

　　「身穿錦衣、披著紗罩外衣的迎親隊伍，快點來吧！趕快駕著車子將我帶走，把我接到你家。」

愛眞的需要勇氣，追求自己的幸福也是需要勇氣，錯過了，就算遺憾在心頭，懊悔當初若鼓起勇氣不曉得又將過著什麼樣的生活？

　　但事實已經造成就無法改變，懊惱的情緒也只剩懊悔，時光的催促讓人沒有多餘的時間花在遺憾中。換個角度想想，人生的遺憾在所難免，除了懊悔外更應該積極的勇敢面對，別讓白己再次遺憾。

9. 蒹葭

詩經·秦風

蒹葭蒼蒼，白露為霜。所謂伊人，在水一方。

遡洄從之，道阻且長；遡游從之，宛在水中央。

蒹葭萋萋，白露未晞。所謂伊人，在水之湄。

遡洄從之，道阻且躋；遡游從之，宛在水中坻。

蒹葭采采，白露未已。所謂伊人，在水之涘。

遡洄從之，道阻且右；遡游從之，宛在水中沚。

「河畔的蘆葦長得青蒼，深秋的露水結成寒霜，我的意中人是
在何方？原來就在那水的一方，於是我逆流而上尋找，路途卻是
又險又長；我又順流四處尋找，他隱隱約約就在水中央。」

白露是深秋的清晨景象，讓人好奇的是，詩人為了什麼特別
早起，原來是為了尋找心中的伊人。然而伊人是男是女我們不曉
得，卻看到他辛苦的逆著、順著流水的上下尋找，不禁也替他喊
累。

累倒無妨，只要追尋探索有意義。可惜是，詩人沒有說出他
是否找尋到答案，但在追尋的過程，他四處的找尋，恍然發現伊

人就身在水中央，那是他鏡花水月般的幻覺還是真實的找到。

　　詩雖然最後沒有解答，但不就好像是人生嗎？常常我們自以為是的活著，往自己預設的目標努力前進，猛然發現找尋已久的東西便在身邊，但卻又如此的朦朧不真實。

　　記得瓊瑤有部小說的主題曲便是唱著：「綠草蒼蒼，白霧茫茫，有位佳人，在水一方…」不就類似這首詩的描寫與精神。迷惘與真實間的臨界線並不明顯。有時想想自己曾經歷過的道路，不就像在一片白茫茫的露水中，走著屬於自己的人生河流。

10. 芄蘭

詩經 · 衛風

芄蘭之支，童子佩觿。雖則佩觿，能不我知！
容兮遂兮，垂帶悸兮。芄蘭之葉，童子佩韘。
雖則佩韘，能不我甲！容兮遂兮，垂帶悸兮。

芄蘭，蔓生草，夏天開紫色的花，葉似女青而尖。觿，音ㄒ一，用角或骨之類所做的解結錐，是成年男子的配件，可以用來解開女子身上複雜的結。

「正值青春的少年啊！身上掛著類似芄蘭的觿子。雖然掛著它，卻還不知道怎麼用，所以也不跟我相識吧！只是讓觿子掛在那，大搖大擺的晃來晃去，它左右垂擺的樣子，我的心也跟著悸動啊！」

什麼樣的年齡可以帶什麼飾品，在社會習俗的約定下，便有它一定的規矩。像是和服的禮節，日本傳統對於成年女子、未成年女子或出嫁及未出嫁的女子，應該綁什麼樣和服背後結，都有它的規定；中國古代，什麼年齡的女子，頭髮該怎麼綁、佩帶什麼髮飾，也是有它的規定，當然各朝、各地的風俗也不盡相同。

剛剛舉的例子是以女性為主，相同地，男子也有它的服飾禮儀。其作用除了辨別年齡外，呈現出的意義不在於硬性規定本身，而是反映出文化底下，族群們思考事物的觀點或角度，也反映了所謂的人生。

如同詩歌的觿，當時一般而言是在成年男子的身上才會發現它，可是，突然在街頭角落，我們在年輕的小夥子的腰際，發現了它的蹤跡，這是多麼不相稱的景象啊！在等待情人歸來的女子眼中，更是一大諷刺。她們好笑又好氣的想著：「這小子真的知道觿的作用嗎？應該不是吧！可能是認為它頗為好看，就把它綁在腰際作為裝飾。然而，漸漸地，有天他會像我心愛的人，懂得觿的作用了吧！」

所謂的成長，也就是學會懂事，懂得人生的道理也好，待人處世也好，可能也開始懂得一些不好的惡習，這是學習過程不能避免了。年輕時，我們大言不慚，保證愛情的永不變質，可是當學會了愛情遊戲，誓言、諾言，輕的像是隨風而逝的落葉，飄散在青空下，無影無蹤。小夥子現在不懂觿，那是因為年少，然而，少年會變成年，這是人生的必經過程，成年的他，是否一樣有顆純真的童心呢？或者變成讓心愛女子無盡等待的負心人呢？

11. 蟋蟀

蟋蟀在堂，歲聿其莫。今我不樂，日月其除。
無已大康，職思其居。好樂無荒，良士瞿瞿。
蟋蟀在堂，歲聿其逝。今我不樂，日月其邁。
無已大康，職思其外。好樂無荒，良士蹶蹶。
蟋蟀在堂，役車其休。今我不樂，日月其慆。
無已大康，職思其憂。好樂無荒，良士休休。

　　記得小時候，學校附近有塊綠野，男同學們相約三五人，拿著一瓶瓶的水，準備去「灌蟋蟀」，所謂的灌蟋蟀，就是利用蟋蟀洞口的位置，由洞口把水灌進裡面，靜靜地守候，快要窒息的蟋蟀竄出自投羅網，捕獲的蟋蟀，常成為男同學彼此的部將，舉行一場場「鬥蟋蟀」大賽，現今台南在端午節前後，仍然舉辦著這項活動。

　　正因為蟋蟀善鳴的時節，是在暑氣正高的夏季，此時，年也將近過了一半，因而詩人聽著蟋蟀聲，那動人美妙的歌聲，不禁的擔憂，同伴們是否便鬆懈了，苦口婆心的說：「蟋蟀在堂附近

鳴叫，聽起來十分美妙，正是告訴我們秋天將近，一年又快結束，工作可別因此懈怠啊！仍要處處小心、謹慎，謹守自己的職位，可別荒廢了，好的工作者是會在安閒中提高警覺、勤快做事。」

聽來，詩人是個頗為慎戒之人，知道環境的愉悅常會迷失人的本心，就像那迷人的蟋蟀聲，令人忘了該謹守的本分。

然而，生活需要如此的如履薄冰嗎？也許他出自於好意，畢竟，貪樂是墮落的開始，可是，處處抱持著謹慎，就像抱著大石跳舞，怎麼跳動作都不會優雅，更不會輕巧，心情怎麼會真的愉快，沒有愉快的心，工作將越來越沉重，終有負荷不了的時候啊！

我的觀點，玩樂當然要節制，但決定玩的時候，就拋開一切的俗事，讓身心完完全全的放鬆，也許那是一趟郊外之旅，也是到KTV大聲歡唱，也許到國外旅行，雖然「休息是為了走更長遠的路」有點老套，卻不可否認，總把自己擺在同樣的事物中，會令人疲乏，就像失去彈性的彈簧，暫時讓自己呼吸新鮮空氣，人生才能更長久。

12. 鶴鳴

詩經・小雅

鶴鳴于九皋，聲聞于野。魚潛在淵，或在于渚。

樂彼之園，爰有樹檀，其下維蘀。

它山之石，可以為錯。

鶴鳴于九皋，聲聞于天。魚在于渚，或潛在淵。

樂彼之園，爰有樹檀，其下維穀。

它山之石，可以攻玉。

「它山之石，可以為錯。」、「它山之石，可以攻玉。」指藉由別人的經驗與砥礪可以成就自己的事業。詩歌述說是什麼樣可以借鏡的經驗與心態？幫助自身完成事業呢？很簡單的兩個字「自在」。因為「自在」，仙鶴所以悠遊九皋的深澤當中，傳來的鳴叫甚至可以遠播四方，穿越天際之間；因為「自在」，魚兒可以入潛深不見底的淵水之中，也可以置身在小小的沙洲淺水旁，逍遙來去，不受到環境的拘束限制；「自在」讓賢者可以處於他自己的小小樂園，園中種植著檀樹，樹下並長著檡木，和樂融融啊！

「自在」兩字寫來簡單，然而，在這大千世界，最不能自在的就屬人類了，為何？只因那顆放不上的心，杞人憂天者，剛考完試，便擔心是否能金榜題名；才進入公司，就擔心是否能適合環境，完成上司交代的工作；為人父母者，小孩剛入學，就擔心會不會害怕陌生環境而哭了，還是被其他小朋友欺負，每個人因心中的大石，時時無法放下，懸在那晃啊晃！總日滿臉的愁苦擔憂，心怎麼可能「自在」？

　反觀萬物，生死乃常事，有的動物終生，以天為被、以地為床，渴食朝露，餓食野果，何處不自在！也許他們沒有人類的智慧，可是他們活的很隨性自在，縱使偶遇天敵，就躲吧！躲不過就迎頭抗敵，即便死了，也了無遺憾，怎麼會像人類就只是擔心，每天煩這、苦那，讓壓力背負在肩上，遲遲不可卸下呢？

　好好運用人類的智慧吧！萬物像面鏡子，從裡面看到不應該只是影子而已，我們可以不用以萬物之靈自誇，但活用上天賦於人類的優越性，不也就活出自身的價值嗎？如何做呢？就從學著「自在」開始吧！

13. 孺子歌

先秦民歌

滄浪之水清兮，可以濯吾纓；

滄浪之水濁兮，可以濯吾足。

　　關於這首詩有個小故事。屈原在他被流放時不知不覺的來到江澤旁，邊走邊吟唱著哀歌，神色看來十分憔悴。

　　剛好此時有位漁翁經過，瞧見屈原哀聲嘆氣的模樣，便走向前問：「奇怪了！你不是朝中有名的三閭大夫屈原嗎！為什麼淪落這樣落魄的地步？」

　　屈原雖然外表看似憔悴，卻仍用他堅定的意志回答：「現在全世界的人陷入污濁，所有人都已經紙醉金迷，我寧願選擇獨自清醒，而不願意跟他們同流合污，所以被君王放逐異地。」

　　漁父聽完屈原的話，笑笑的說：「從古以來聖人不用死板的想法看待事物，能夠機智的隨著事物變化。如今世人若是皆為污濁，你為什麼不攪動混水讓它起波濤？眾人既然皆都沉醉，為什麼不吃些酒糟又大飲其薄酒？為什麼要想得過深而高舉自我，遭受到被放逐的命運呢？」

[218] 古詩，我的能量補給

屈原回答：「我聽說剛洗完頭必定要彈彈帽子上的灰塵才再戴上，洗完澡必要抖抖衣服才再穿衣，怎麼可以讓潔白的身軀，沾上這些污穢的事物呢？我寧願從此投身江河，成為江魚的腹中物，怎麼能讓晶瑩的潔白，蒙上世俗的塵埃呢？」

　　漁父莞爾，搖著船槳漸離，口中還唱著：「滄浪河水是那麼清澈無雜質啊，可以拿來洗濯我的帽子；如今滄浪河水混濁充滿泥沙，也能用來清潔我的臭腳丫啊。」

　　人群中每個人或多或少存在著個人意識，當你跟大多數的人的想法不同時，可能被稱為異類，甚至與他人意見相左的時候，難以入耳的謠言便就此傳出，口氣酸酸的說你自命清高。

　　舉例來說，最近盜版的問題日趨嚴重，當同學們人手一片時，你卻堅持著決不買盜版，別人的諷刺聲就出現了。有的說你是有錢大爺，買得起正版，有的說他們窮只能聽聽盜版，這時你義憤填膺的滔滔不絕說著盜版的錯，在眾人的耳裡聽來，你就是在指責他們的不是，你也就可能遭到怨恨排擠。

　　當別人犯錯時，你不見得要跟著犯錯，只要保持自己的頭腦清晰，做自己認為正確的事即可，同流必定會合污啊。

14. 擊壤歌

日出而作，日入而息，

鑿井而飲，耕田而食，

帝力于我何有哉！

擊壤是古代的一種遊戲，將一塊木片放置遠處，再投擲另一片敲擊它。而這首詩便是擊壤遊戲時所唱的歌：「日出了，該去做事，日落便回家休息，渴了鑿井喝水，帝王的勢力功德與我有何關係？」

近日政治、緋聞吵得是滿城風雨，而八卦雜誌的春色無邊更是隨手可得，甚至有人提出台灣人才可以選總統的意見……等等層出不窮的話題，充斥著所有媒體、街談巷聞。

說穿了，這些都是政治人物的權力鬥爭，各自施展角力中的效果罷！然而讓我懷疑的是，有那麼多人喜歡看這些胡亂的泡沫劇嗎？

在這混亂的時代，許多市井小民每天睜開眼就是匆匆忙忙的搭公車上班，直到傍晚時分，月色高掛，才拖著疲憊的身軀緩慢

回家，雖然在社會分工合作下，不用鑿井耕田自給自足，每個人卻也是自食其力的為生活打拼。

　　一旦失業，連生活都無法溫飽的話，誰還管哪個黨在立法院的席次增多，誰獲選的民調上升多少下降多少，日子苦的就要上街遊行抗議，被逼跳樓強劫的人更是增多。

　　為了生活日子苦了點是無所謂，但恐怕就連想吃苦辛勞的過活，都無法如願實現，恐怕想要單純的每天醒來努力工作，直到太陽下山回家休息的願望，在越進步的時代且有壓力的生活中越是不可能。換來的可能是，夜深人靜時猛然被惡夢驚醒，最後呆坐直到天明。

　　希望政治舞台的鬧劇別再上演，還給我們一個為民著想的政治家。

15. 離合郡姓名字詩

孔融

漁父屈節，水潛匿方；與時進止，出行施張。

呂公飢釣，闔口謂旁；九域有聖，無土不王。

好是正直，女回予匡；海外有截，隼逝鷹揚。

六翮不奮，羽儀未彰；龍蛇之蟄，俾也可忘。

玟璇隱曜，美玉韜光。

無名無譽，放言深處；鞍轡安行，誰謂路長？

　　正月十五夜，離家不遠的寺廟廣場，綻放著燦爛的花火，絡繹不絕的鼎沸人聲吸引我前去觀賞。才剛到現場不久，廣場的舞台正舉辦著猜燈謎比賽，抱著湊熱鬧心態的我，壓根沒想到要參與活動，於是靜靜的待在一旁。

　　只聽主持人念著一條簡單到不行的謎題：「王先生，白小姐，坐在石頭上。」這當然是簡單的送分題，台下的群眾躍躍欲試，踴躍的高舉雙手準備搶答，主持人把優先權讓給個不到五歲的小妹妹，只聽小妹妹回答：「碧。」正確答案，而全場也是一片鼓掌。

將詩歌做為謎語使用在中國早已存在，然而謎語的形式眾多，其中之一便是利用中國文字的特性，把字打散，重新組合，變成一個有趣的意象，來做為謎底，這首詩就是如此。

　　以前四句為例，漁字藏匿水旁不就變成了魚，古代的時，是由日與類似出的字組合成字，所以把出拿掉不就是日，然後再把魚與日結合，不就是個魯字。

　　再舉一例，將呂拿掉一個口不就是口，將域去掉土旁只剩下或，把或擺在口的中間不就是國。以此類推，除了第五行的兩句外，不斷的將四句拆開又結合，可以得出六個字，也就是「魯國孔融文舉」。

　　若此詩只是首遊戲之作，文學價值也就不高，才高的孔融當然不止於此，他也利用詩句表達他對國家政治的關心，即便他遭到免官，心中卻依舊擔心國事。

　　詩人的寫作功力不得不讓人佩服，能將兩種詩歌的效果含藏其中，若不仔細觀察的話還無法察覺，除了耐人尋味的謎語，還保有詩歌的韻味，讓我們見識到讓梨以外的孔融，是何等的有才華。

16. 羽林郎

辛延年

昔有霍家奴，姓馮名子都。

依倚將軍勢，調笑酒家胡。

胡姬年十五，春日獨當壚。

長裾連理帶，廣袖合歡襦。

頭上藍田玉，耳後大秦珠。

兩鬟何窈窕，一世良所無。

一鬟五百萬，兩鬟千萬餘。

不意金吾子，娉婷過我廬。

銀鞍何煜爚，翠蓋空踟躕。

就我求清酒，絲繩提玉壺。

就我求珍餚，金盤膾鯉魚。

貽我青銅鏡，結我紅羅裾。

不惜紅羅裂，何論輕賤軀。

男兒愛後婦，女子重前夫。

人生有新故，貴賤不相踰。

多謝金君子，私愛徒區區。

現代人認識的酒家女幾乎跟風塵女子劃上等號，認為都是在聲色場所上班，出賣自己肉體以換取金錢的人，然而酒家女原本單指賣酒的女子。

　　誰都無法決定自己的出身，詩中的女子也是如此，她生在賣酒的家庭，長大懂事後便得到酒店幫忙照顧生意，拋頭露面也都是為了生活，誰知卻招惹了霍家的臣僕馮子都。

　　紈褲子弟馮子都騎著繫上銀光馬鞍的馬兒經過酒家前，發現胡家女子的蹤影而踟躕。他注視女子穿著大襟衣帶，寬大的袖子繡有合歡絲羅，耳後掛著藍田玉跟大秦珠，襯托美人的容貌，身上無一不美。

　　被佳人深深吸引的馮子都，想盡辦法要親近女子，便開口要些酒與佳餚，商家的酒家女當然應客要求，誰知道馮子漸漸地顯露本性，開始豪無拘束的放肆說話。他拿出青銅鏡、紅羅裾送給酒家女並要求相好。

　　他輕薄的舉動惹惱了家酒女，酒家女雖言辭客氣卻語氣逼人的說，自己寧可撕裂紅羅，也不願輕賤身軀。因為她明白，男人總喜歡新來的女子，女人重視的卻是不能忘懷的夫君，無奈人生總有新舊，貧賤差異也不應該踰矩，感謝對方的厚愛，感謝對方誠摯的單相思！

多麼聰慧的女子，知道對方是尊貴的官府中人，自己為卑賤的酒家女子。若是真的結為姻緣的話，她真能獲得幸福嗎？真能麻雀變成了鳳凰嗎？

　　酒家女清楚的明白，這是不可能，答案就在兩人的貧富差距。此外，聰慧的她也了解男人喜新厭舊的劣根性，男人有了金錢作為後盾，身邊的愛人便開始來來去去的迅速更換，自己若是答應了他，恐怕也將成為其中一個，但礙於對方的身分，若太直接必有後患，所以委婉拒絕他，甚至避免以後再來騷擾。

　　真正願意為愛衝破任何屏障的人，的確值得讓人為他們鼓掌加油，尤其是門戶的差距。然而絕大多數的反抗，是盲目的衝動，有的因一時興奮而失去理智，瞬間說出或做出讓人陶醉的誓言，但事過境遷，真能獲得幸福嗎？還是留下一道道的傷痕？

　　當下果決的酒家女，知道未來的命運不與對方同軌，有技巧的推謝：「感謝你的厚愛，也希望你能找到生命中的真命天女。」像她這樣聰明人，應該會獲得真正的幸福吧！

　　換個角度來說，常常有些人想要娶得富家女，幻想可以少奮鬥個二十、三十年，如果只是因為一時的被金錢所迷惑，付出的代價恐怕就是往後一輩子啊！萬一對方跟自己不是真心相愛的對象，那麼這種牢籠恐怕是再多的金錢也打不破的吧！

同樣的，想要釣個金龜婿的同時，更要想想自己眞正要的是什麼呢？如果只是要錢，又何必葬送自己一生的幸福呢？

17. 日出入

漢郊祀歌

日出入安窮？時世不與人同！

故春非我春，夏非我夏，秋非我秋，冬非我冬。

泊如四海之池，遍觀是耶謂何？

吾知所樂，獨樂六龍。六龍之調，使我心若。

訾！黃其何不倈下。

　　化育萬物的太陽，究竟從何而來？又往哪裡去？黑夜來臨時，太陽又在做些什麼？如果它需要休息的話，睡的會是什麼床？

　　這一連串的疑問，正代表人們對太陽的好奇，好奇與人息息相關的太陽過著什麼樣的生活？而耳熟能詳的故事，如夸父追日的傳說；太陽是烏鴉化成，平日棲息在東海仙樹，而崑崙山是落日處等等的神話，就是人們腦海中的太陽。

　　太陽是否有天不再走了？我想就算有人算出日期，也不需要杞人憂天，因為當時人類不知道是否還活著呢？當然有些想像力較豐富的人，會想像它春夏秋冬並不是人世間所過的春夏秋冬。

在詩人心中還想到另一件事，太陽總是固定的走，整個天空任它來去，從不擔心何去何從的問題，唯一目標就是往日落的方向前進，哪像居無定所的世人。如同流水水任意的漂泊，不知下一個方向在哪？

詩人的擔憂並非莫須有，看看廣大的群眾，誰不是這樣的過活？雖然無法改變這樣的生活，卻也可以找尋些許的快樂！然而詩人所知道的快樂，惟獨像日神駕馭六龍般，但這有可能實現嗎？所以只能感嘆，黃帝昇天所騎的乘皇怎麼不來迎接他呢？

雖然我們不知什麼的壓力讓詩人對人生感嘆萬分，然而從中看到詩人藉由觀日預備抒發心情，卻空想著不能實現的夢。不能實現的夢，終究將會幻滅，當無法實現的夢是你日夜所思，尤其讓人深覺痛苦。聰明的你別癡人說夢，選擇近距離的夢，一步步踏實的走，夢想成真的那天想必不遠了。

18. 戰城南

漢樂府‧鐃歌

戰城南，死郭北，野死不葬烏可食。為我謂烏：

「且為客豪，野死諒不葬，腐肉安能去子逃？」

水深激激，蒲葦冥冥。梟騎戰鬥死，駑馬徘徊鳴。

梁築室，何以南？何以北？

禾黍不穫君何食？願為忠臣安可得！

思子良臣，良臣誠可思，朝行出攻，暮不夜歸。

　　愛好和平者最反對戰爭，如今也只剩些有著獨特文化背景的民族，像是回教國家等，幾乎沒有人願意發動耗費人力財力的戰爭，除了戰爭所帶來的創痛，和重建的艱難，在事件的底層又有多少個破碎家庭，多少個生離死別。

　　剛剛結束的戰地，兵器炮火滿地皆是，軍旗搖搖晃晃的隨風飄倒，苟延殘喘者早已逃亡，不幸往生者滿坑滿谷的屍橫遍野，還有誰願意讓他們入土為安呢？屍體開始腐壞，聞風而來的是一群飢餓的烏鴉，準備用牠銳利的啄子飽餐一頓。

　　詩人親眼看見這樣的景象，可說怵目驚心卻又無可奈何。

「能做什麼呢？」他捫心自問，接著便對烏鴉說：「你姑且爲這些客死他鄉的人哀嚎幾聲吧！他們想必無法下葬，哪能逃離你的手掌心？所以爲這些無法歸去的人哀嚎幾聲，就當最後的悼念吧！」水流激起了水花，蒲葦幽暗的飄著，昂然的良駒早已爲戰而死，倖存的劣馬徘徊鳴叫，都像是呼應他的想法。

此時，詩人又想這樣無情的動物，都曉得爲戰士們的犧牲悲痛哀嚎，然而，戰士是爲誰而戰？是高高在上的國君啊！難道國君不該爲犧牲的戰士哀傷嗎？難道國君你不明白，目前享受的幸福生活，是千千萬萬個辛苦的群眾犧牲以及勞苦的良臣奉獻得來的，沒有他們國家哪會安定？

詩人不斷勸皇帝唯才是用，要體恤人民，別貪圖享樂而忘了國家大事。諷刺的是，歷史上有多少皇帝是有名的昏君，史書記載的往往是奉獻的人少，荒唐的多。

生活中有多少表面風光的人，是踩著多少爲他辛苦賣命的頭顱，讓自己越爬越高，卻犧牲了無辜的人，這樣的人眞值得我們羨慕不已嗎？

19. 上邪

漢樂府 · 鐃歌

上邪！我欲與君相知，長命無絕衰！

山無陵，江水為竭，冬雷震震，夏雨雪，

天地合，乃敢與君絕。

　　讀完這首詩，你會不會被詩中人那句句大份量的誓言給震懾住了？

　　是怎樣的情感才會讓人發出這樣毀天滅地的誓詞，想必是愛的深刻、愛的不能自己了吧！在驚嘆的同時，你是否也會想擁有同樣令人不惜一切的愛情呢？

　　「皇天在上，此生此世我要與你相知相惜，白頭到老，即使命運將你我分離，也永遠不會有結束、衰退的時刻，等到天下尖山都消磨成平地，奔流的江水終於乾涸，冬天發出震人的聲聲雷響，炎熱的夏日飄降著寒冷冰雪，就連天地結合在一塊，屆時，我才敢和你分手。」

　　多感人肺腑的誓言，可見海枯石爛並不是現代人的專利，自古為證明對愛情的堅貞不移，早就創造了多少的佳句，「天長地

久有時盡，此恨綿綿不絕期。」、「春蠶到死絲方盡，蠟炬成灰淚始乾。」等，不是現在都還再用的詩句嗎？這也說明了愛，是長久以來人類不變的心。

誓言除了將愛的精神不斷延續外，也爲世間多少的癡情男女，訴說著刻苦銘心的曾經。

你正在說著誓言嗎？希望它出自你的真心。

20. 相逢行

漢樂府

相逢狹路間，道隘不容車。

不知何年少？夾轂問君家。

君家誠易知，易知復難忘；

黃金為君門，白玉為君堂。

堂上置樽酒，作使邯鄲倡。

中庭生桂樹，華燈何煌煌。

兄弟兩三人，中子為侍郎；

五日一來歸，道上自生光；

黃金絡馬頭，觀者盈道傍。

入門時左顧，但見雙鴛鴦；

鴛鴦七十二，羅列自成行。

音聲何噰噰，鶴鳴東西廂。

大婦織綺羅，中婦織流黃；

小婦無所為，挾瑟上高堂：

「丈人且安坐，調絲方未央。」

是什麼樣的人回家的時候整條道路蓬蓽生輝，座騎用黃金絡拴著，觀賞的群眾充斥兩旁，跟他回家可以瞧見府中的鴛鴦，神奇的自動羅列成行，東西廂傳來陣陣鶴鳴，家裡的婦人更是多才多藝，有的織綺羅布，有的織流黃布，連最小的婦人都還會彈奏琴瑟，娛樂年長的丈人啊！

　　此人不是富豪之家，必定是朝中大臣，才有如此尊貴的氣勢。我們不是常在戲劇中看到高中狀元或榜眼的人，回家時鄉里親友都出來迎接，正所謂「十年寒窗無人問，一舉成名天下知。」當人默默無名，左鄰右舍只把書生當個是會唸書的人，可是一旦光環罩頂，眾人觀看的眼光也跟著不同，甚至還沒親眼看過，就聽說他家老舊的柴門已換成黃金門，破舊的廳堂也鋪上白玉，喝的美酒用最尊貴的樽所盛，請來最好的邯鄲歌妓歡唱美曲助興，原本空寂的中庭，現在也長出了桂樹，府裡整夜華燈籠罩啊！

　　有些人靠著出生或運氣或努力終能富有，有的人不管如何犧牲大好青春，換來的卻還是平民一介。「知足常樂」這句話並非口號而已，如果沒有一顆知足的心，即便你是世界的首富，還是不快樂，就算開著保時捷，住高級洋房，身心卻被侷限其中，再說，潮起必定有潮落，哪天你失去了黃金門，白玉堂，可以承受這樣的打擊嗎？

21. 青青河畔草

古詩十九首

青青河畔草，鬱鬱園中柳。

盈盈樓上女，皎皎當窗牖。

娥娥紅粉妝，纖纖出素手。

昔為倡家女，今為蕩子婦。

蕩子行不歸，空床難獨守。

　　河畔的野草青蔥欲滴，園中的柳樹鬱鬱繁盛，美景中，樓房上，有個豐腴的美女靠著窗戶倚看，她的肌膚雪白如夜空的明月，臉擦著時下最流行的紅粉妝，緩緩的伸出玉手，輕輕的擺在窗欄。

　　像這樣的佳人為何孤獨？為何深夜未眠又倚窗？難道她心中有所牽掛，不知她的心在想些什麼。她會不會在想，自己曾是個歡場女子，雖然每天娛樂上門的貴客，卻常常換來無情的嘲笑。好不容易找到歸宿，以為從此擺脫不幸的命運，誰知夫君成了蕩子，自己成了蕩子婦，流浪的蕩子一天不回，到了夜晚，獨自面對空蕩蕩的床和孤單的枕頭，所以她難眠。

我們沒有直接的證據說詩句中的蕩子是遊戲人間的浪蕩子，也可能是遠行外地的經商者，但詩中的女子仍值得我們寄予同情。她曾以為不幸的歡場歲月終於結束，幸福的時光即將到來，此刻命運卻無情的捉弄，讓嫁她了人卻又要她守活寡。假設蕩子是浪蕩的男子，這不就是個傻女人的故事了。

　　聲色場所陪人歡笑的女子，當然有愛慕虛榮者，卻也有為了不得已的苦衷，喝著穿腸的烈酒，兜售著硬擠出來的笑容，在這樣的環境，是該看透了男人真實的嘴臉，不應該輕易掉入男人的陷阱。

　　然而很多時候卻非如此，有天她遇見了頻獻殷勤的男子，不禁又會幻想，他就是自己的白馬王子，會不會是自己的救贖者，加上對方幾句花言巧語跟幾束鮮花攻勢，又落入戀愛的圈套，甘心為他犧牲一切，連被拋棄都還替對方找藉口，甚至繼續的等候對方回頭。

　　這樣的傻女人，仍為數不少的活在現代，雖然突顯了在愛情的世界，女人比男人更為深情，但這樣的深情值得我們掬一把淚水，為她祝福嗎？時代改變了，別再用牢籠將自己關住，解放了自己，愛才能自由，心才能開闊。

22.
回車駕言邁

古詩十九首

回車駕言邁，悠悠涉長道。

四顧何茫茫，東風搖百草。

所遇無故物，焉得不速老。

盛衰各有時，立身苦不早。

人生非金石，豈能長壽考？

奄忽隨物化，榮名以為寶。

　　現代人的生活，總是住在固定的城市，走著相同的道路，通往相同的目的，每天麻木的來來往往，無心察覺週遭的事物，直到有天心境不同了，再平常的事物，也都會有所感觸。

　　同樣的道理，詩人駕車回程的路途，帶著悠然的心情，跋涉漫漫長路。他環顧四周，看見白茫茫的一片，東風迎面吹來，搖晃了荒野百草。景色雖美，他卻開始納悶，這條路不知走過多少遍，為什麼一路上沒有熟悉的事物，難道是自己真的老了。

　　時間過的越久，外在事物改變越大，當你對過往的事物不再熟悉，想必流光飛逝已久，詩人也就是因此感嘆，人老了，所以

才不認識它們了。

人始終會老，就像萬物有興盛衰亡，然而可怕的是歲月過的太快，快的詩人來不及準備，我們也來不及準備。我們不是常常在新年剛立下新計劃，還沒有完成第一項，日曆便指著七月，所以說光陰走的比人還快啊！

光陰飛快，人該做的事就得儘早做，於是詩人才會說，若不趁早立身的話，人並非堅硬的金石，也不能夠長壽久安，一瞬間，就將隨萬物變化，值得留下也只剩功名了。

詩讀到這有點生氣，沒想到詩人是個庸俗的書生，在乎的盡然是功名，相信「人死留名、虎死留皮」那套理論，難道沒有其他更重要的課題值得他關心嗎？

直到最近我看開了，想想有多少人渾渾噩噩的過一生，沒做什麼有貢獻的事蹟，也沒留下什麼值得懷念的名聲，這樣的人可說是社會的寄生蟲。所以名聲雖然有虛偽做作的可能，但詩人還是勉勵眾人，努力做些有益於大眾國家的事，如此，別人就會自動口耳相傳地為你建立名聲，這樣的名聲才真正印證你沒有白白過一生。

23. 驅車上東門

古詩十九首

驅車上東門，遙望郭北墓。

白楊何蕭蕭，松柏夾廣路。

下有陳死人，杳杳即長暮。

潛寐黃泉下，千載永不寤。

浩浩陰陽移，年命如朝露。

人生忽如寄，壽無金石固。

萬歲更相送，賢聖莫能度。

服食求神仙，多為藥所誤。

不如飲美酒，被服紈與素。

　　朦朧的暮色中，一輛馬車轟隆隆的行走在墓山群處，強風下，蕭蕭的白楊，寬廣的路旁，松柏整齊的排列，此刻車主的心裡在想，松柏底下究竟又陳列著多少死者。

　　人一死，如同長眠黃泉之下，經過千年也不知道醒來，浩大的時間繼續移動，人命如朝露般倉促，短暫的寄住世間，壽命沒有辦法跟金石的堅固相比。千萬年互相的輪替相送，即便是世人

崇拜的聖賢也愛莫能助，想藉助金丹成仙，多半讓毒藥傷害身體，不如喝著最好的美酒，披著漂亮的衣服。

　　生老病死是每個人必經的過程，並不是件值得害怕的事，只是世間有多少人能具備拋開生死的豁達人生觀。雖然每個人都怕死，但怕死的理由卻大大不同，有人無法承受生離死別的痛苦，有人擔心不可知的冥間世界，還有人害怕握在手中的金錢權力，將隨著死後就會消失殆盡，所以想盡辦法的要延年益壽，最好能像神仙般長生不死。

　　世間真有不死藥嗎？若是有機會讓你獲得，你會選擇服用嗎？但在服用前，你有想過服用後將獨活幾萬年嗎？甚至你還得年年送走心愛的親人，卻永遠不會有別人送你的一天，若是這樣，你仍堅持長生不老嗎？如果你仍然堅持我也沒話好說，只不過，對我來說開開心心的過一輩子，勝過面對無盡孤獨的明天。

24. 生年不滿百

古詩十九首

生年不滿百，常懷千歲憂。

晝短苦夜長，何不秉燭游！

為樂當及時，何能待來茲？

愚者愛惜費，但為後世嗤。

仙人王子喬，難可與等期。

　　每個人都有自身的價值觀以及肯定自我的方式，有的人追求高學歷，有的人追求高地位，有的人則追求著金錢。對於以金錢肯定自我價值的人而言，生活的意義是在於如何賺更多的錢，但賺這麼多錢是為了什麼？有人為了享受最好的物質生活，有人則為了讓自己的後代子孫沒有後顧之憂。

　　有遠慮的祖先會為後代多留點財產，已備他們不時之需，然而百年過後，誰能確定後代子孫們可以守得住呢？何況即便是金山銀山，若是不懂得珍惜，終將像流水逝去，再說，眼前事都不見得管得了，還想到遙遠的以後，這豈不太杞人憂天。

　　杞人憂天者，常看到白天變短就擔心夜晚特別的長，才看到

烏雲密佈就擔心會有傾盆大雨，然而晝短夜長與大雨磅礴都是大自然的運行規律。假使嫌夜晚太長，何不秉燭欣賞夜的美呢？若嫌雨勢太大，何不當作欣賞天然的瀑布。換個角度，便可以享受著眼前光景，擁有快樂的感覺，怎麼會有憂愁呢？未來的事誰也無法預測，等待著來年就能夠保證來年會比現在更幸福嗎？

別當個杞人，但也別當癡人說夢者。癡人說夢者總想藉著求神拜佛來實現願望，以為這麼做便可以長生不老，甚至成了仙佛。成仙成佛的事在歷史記載略有耳聞，但誰曾經親眼看過仙人下凡，再說想藉神仙的力量擁有身分、地位、財富，豈不是想不勞而獲嗎？有美夢，就想成真，這是人之常情。然而做著永遠無法實現的夢想，是否太不實際了，這樣的夢想頂多算是空想，想想就算了，稱不上是夢想。

你的夢想是什麼？是當個超級大富翁，還是環遊世界，或者當個老師，不論你的夢是什麼都祝你如願，但別忘了，該及時行樂的時候，就別太杞人憂天，好好的放鬆一下，就當作是充電吧！充電後，夢想也許更能加快腳步的實現。

卷六

親近自然的大地

陽光、空氣、水是大地賜給
的最好禮物，打開心胸開始
吸取日月精華。

1. 還

詩經 · 齊風

子之還兮，遭我乎猺之閒兮。

並驅從兩肩兮，揖我謂我儇兮。

子之茂兮，遭我乎猺之道兮。

並驅從兩牡兮，揖我謂我好兮。

子之昌兮，遭我乎猺之陽兮。

並驅從兩狼兮，揖我謂我臧兮。

　　獵人大多是個獨行俠，平常狩獵的是小動物時，一個人綽綽有餘，若不幸地偶遇一些較爲巨大的野獸，像是豺狼虎豹等，那時打獵不成反被野獸打，此時有同伴在旁，便可以協同兩人以上之力，配合人類的機智聰明將野獸迅速擒拿，獵物當然也將平分。

　　在這樣的背景下，獵人們帶著豐收踏上歸途，高興之餘彼此稱讚對方的武藝了得，有段英雄惜英雄的對話。像是你身手如此的矯捷，技術十分的高超，超乎常人的勇敢，和我相遇在猺山之間，一起追逐著兩隻巨大野獸，你也誇我的動作迅速，本領也不

錯，技藝更是高超。

然而有些人面對超乎常人技藝的高手時，不見得會心服口
服，反而有酸葡萄的心理，尤其當高超之人是自己的部下，更想
盡辦法的拼命打壓，怕對方的能力有機會被老闆賞識，反而變成
自己的頂頭上司，那時自己的老臉不曉得往哪擺！

我們不應該肚量狹小，畢竟每個人較強的一面，學著欣賞自
己的對手，讓彼此有良性的競爭，進一步分工合作，發揮團體最
好的成效，相信做起事來會事倍功半，一起創造眾人的福利吧！

2. 揚之水

詩經・唐風

揚之水，不流束薪。彼其之子，不與我戍申。

懷哉懷哉！曷月予還歸哉？

揚之水，不流束楚。彼其之子，不與我戍甫。

懷哉懷哉！曷月予還歸哉？

揚之水，不流束蒲。彼其之子，不與我戍許。

懷哉懷哉！曷月予還歸哉？

　　看著湍急的江河碰擊大石所激起的片片水花，蘇軾想到「大江東去，浪淘盡，千古風流人物」，李煜想到「問君能有幾多愁？恰似一江春水向東流」，若是你，最先想到的會是什麼呢？

　　人類跟河水的淵源很早，世界著名的古文明都是靠河而居，中國也不例外。靠河而居，其實最主要是為了飲水，故除了洪水氾濫的時期，幾乎先人們都深愛著水，仰賴著水而活，當然捕魚維生的漁夫更是如此。然而，河水的意義並不只在實用的價值，對於多愁善感的人而言，河的流逝讓他聯想起時間的溜走，河的常流讓他想起人生的短暫，河頓時成了千變女郎，有著多重多變

的身分，在思歸的人心中，河又讓他有什麼樣的感觸呢？

　　可能是，激昂的河水，卻載不動輕薄的材薪，如同有權勢的上位者，不願讓我離開啊！內心充滿著憂愁，那天才能踏上返鄉的路途呢？

　　一樣的河流，一樣的奔走，在不同人的心中，產生了不一樣的思緒，賭物便思情，然而所思的各有不同，人生因此多采多姿，詩歌也更是令人雋永。

　　在城市中，有些地方不容易看到河，有些地方卻比鄰而居，但不論如何，即便再繁忙，也別忘了抽空賞河，看著河水淨流或是奔放，相信都可以洗滌你煩悶的心，讓你暫時忘卻喧囂的日子，充電或沉靜心靈也好，人不能只靠著意志力而活喔！

3. 鵲巢

詩經·召南

維鵲有巢，維鳩居之。之子于歸，百兩御之。

維鵲有巢，維鳩方之。之子于歸，百兩將之。

維鵲有巢，維鳩盈之。之子于歸，百兩成之。

　　有線頻道的開放，帶給我最大的益處是，可以隨時欣賞動物頻道。相信有些朋友跟我一樣，並不喜歡看一些打打殺殺的電影、似真似假的綜藝、灑著狗血的連續劇，這時候若還想看電視，動物或探索頻道，就是你最好的選擇。

　　人為什麼喜歡看動物呢？這也許是個十分有趣的問題。是因為我們跟其他的動物不同，所以喜歡看他們？還是因為動物觸動了人類的某種本性，所以進一步想去觀看與了解？當然因每個人需求與見解相左，答案也就不一。然而，在心裡的投射方面，是相同之處。不可否認，科學家以研究的精神去觀看動物，但大多群眾的觀看，是一種欣賞，像是欣賞著音樂與繪畫或文學，從中我們如同洗禮般的沐浴，獲得不少的精神涵養。

　　舉例來說，從研究報告得知，狼是終身只有一個伴侶的動

物，這是他們特殊的習性，可能跟環境或基因有關。人們在觀看時，對狼的單一終身伴侶觀念，相對的也會產生某種投射，聯想到人類的伴侶關係，在忠誠度上，竟然比不上狼。從人類的角度來看，狼群或許有倫理、階級，但是狼也有所謂的德行和我們尊敬的那些高尚品德嗎？

雖然動物們沒有人類世界建構的道德，人類卻常以動物來形容自己的世界，一些我們熟悉的成語便是如此，像是「慈鴉反哺」、「狡兔三窟」、「雞鳴狗盜」等，句子「指桑罵槐」的以動物來諷刺或比喻真實的人類世界，不但令人印象深刻，也讓人思考，人類雖以萬物之靈自居，其實還是動物，也有動物的本性。

詩歌說的是「鳩佔鵲巢」，古說鳩本性笨拙，不是自己築巢，所以佔領鵲巢的家而居，實際上，鵲巢十月會遷徙，空巢就由鳩居住，從旁人的眼光，就以為是鳩趕走了鵲巢。雖然在約定俗成下，「鳩佔鵲巢」已經有它特指的語意，然而，我們若能多理解一些自然，會更深一層的欣賞這萬物世界，不會無理的怪罪鳩，還佔著鵲巢不走。

4. 秋風辭

劉徹（漢武帝）

秋風起兮白雲飛，草木黃落兮雁南飛。

蘭有秀兮菊有芳，懷佳人兮不能忘。

汎樓船兮濟汾河，橫中流兮揚素波。

簫鼓鳴兮發櫂歌，歡樂極兮哀情多

少壯幾時兮奈老何！

　　秋天是我最喜歡的季節，氣候比其他的季節來得清爽，微風撫過臉龐的清涼，還有淡淡的菊花香飄送。不過約定俗成的觀念下，人習慣將秋天跟哀愁聯想，或許是因為那落葉歸土，候鳥南飛，才使一些像思念等等的情感暈染開來。

　　漢武帝站在船頭，秋天剛起的陣陣微風迎面而來，清爽的不禁令他抬頭，藍天盡入眼簾，天邊片片的白雲隨風飄飛。

　　低頭望著河岸，原本蔥鬱的草木紛紛染上黃衣，欲歸的雁子也成群南飛，好一幅秋天之景。蘭、菊散發著芬芳，讓他想起了曾經擁抱過的佳人。

　　船繼續地在急流中前進，疾駛來到汾河，河中頓時揚起一波

波的水花，船上簫鼓悠揚鳴唱，伴著高亢低迴的船歌，想起縱使自己享盡歡樂，心底卻是藏了一段抹不去的哀傷。

生老病死是每個人都將遭逢的命運，就像四季行走，秋天之後便是寒雪紛紛、萬籟俱寂的冬季。

人前再怎麼風光與富貴，夜夜聲歌後，寂寥便莫名湧上，想問蒼天：「少壯幾時奈何老！」

皇帝們除了害怕死亡，也擔心辛苦奮鬥的霸業無法維繫，所以從秦始皇以後，皇帝們四處尋找長生不老藥，到了漢武帝仍是抱持這樣的觀念。然而誰能夠逃脫生死的束縛？我想只有傳說中的神仙罷了。

人畢竟只是個人，生死的無奈總在午夜夢迴或是孤獨寂寞中，潰堤氾濫。若不想如此，就應該試著拋開擔憂，努力的往前看，擔憂著生死不如擔心如何活得更好。

5. 董嬌饒

漢・宋子侯

洛陽城東路，桃李生路旁。

花花自相對，葉葉自相當。

春風東北起，花葉正低昂。

不知誰家子，提籠行採桑。

纖手折其枝，花落何飄颺！

請謝彼姝子，何為見損傷？

高秋八九月，白露變為霜。

終年會飄墮，安得久馨香？

秋時自零落，春月復芬芳。

何如盛年去，歡愛永相忘？

吾欲竟此曲，此曲愁人腸。

歸來酌美酒，挾瑟上高堂。

　　花開花落是最自然不過的事，無關人類充沛的情感，我們卻
常常在詩中，看到詩人用落花來感嘆生命蹉跎，指責歲月無情的
消逝，讚嘆青春的美好，卻又感傷年華短暫。

然而落花真的有意？流水真的無情嗎？假設站在花的角度來看，又是怎麼樣的一回事？我們試著從這首詩找尋解答吧。

　　宋子侯走在洛陽城的東路，欣賞一旁的桃李，隨著季節綻放的花朵，彼此正在相對呼應，綠葉也是青翠的彼此相當，原來是春風已經由東北吹起，才讓花葉低昂的吟唱。

　　忽然，不知名的美麗女子，提著桑籠，像是準備去採桑，美女走著走著經過桃李樹，突然伸出雪白的纖纖玉手，雖是輕輕攀折了花朵，仍搖動了枝葉而飄揚了片片花瓣！

　　於是花兒忍不住的問：「請問一下摘花的妹子，為什麼毫無緣故的來傷我？」採桑女子則回答：「很快就到八九月，正秋高氣爽，白露沉重的轉變為霜。再者，年終花仍會飄散墜落，怎麼可能永遠保持芬芳馨香呢？還是讓我摘了吧。」花兒責怪的說：「到了秋天是我自己飄零，明年春天仍會散發芬芳，你卻存心故意傷我。」

　　有時候，人生不就像盛開的花朵，無端的遭受外來壓力而提早凋落，若是天意就無話可說，然而動手的若是凡人，凡人則會找個理由做藉口，為自己的行為脫罪。記得有空時，靜下心想想，自己是不是不知覺中做了動手的人呢？別後悔了才想找機會贖罪，只怕為時已晚。

6. 見志詩之一

仲長統

飛鳥遺跡，蟬蛻亡殼。騰蛇棄鱗，神龍喪角。
至人能變，達士拔俗。乘雲無彎，騁風無足。
垂露成帷，張霄成幄。沆瀣當餐，九陽代燭。
恆星豔珠，朝霞潤玉。六合之內，恣心所欲。
人事可遺，何為局促？

「曾經夢想能自在的飛翔，無拘無束的遨遊天地，餓的時候吃些野果；渴了，便喝些山泉溪水；累了，便隨處休息養精蓄銳，等到精神飽滿後，便繼續旅程，這樣的生活雖與世隔絕，倒也自由自在。」

雖然我身在群居的世界打拼，但每當生活遇到不如意，腦海總會不禁的浮現這首詩的境界，藉此安慰疲憊的心靈，支撐我瀕臨崩潰的身心。

當生活遭遇困頓，內心總會感到十分的無奈，甚至想找尋另一個出口解脫，就像詩人開始崇拜飛鳥能夠自由來往，蟬在蛻變後只留下虛殼，傳說中騰蛇丟棄了鱗片而飛，神龍在喪失麟角才

能升天，而人呢？只有莊子書中的至人能夠產生變化，真正像達士出類拔萃、超凡脫俗。

讓人羨慕的自由境界，究竟是什麼樣的呢？詩人說是如同乘雲不需要馬彎駕馭，就像無足般騁風來去，大地的垂露張霄視為帷幄帳幕，生活其中，餓了只須餐飲半夜露水。高掛九重天的太陽像蠟燭般的照明，天際的恆星就是最艷的美珠，朝露像顆潤滑的玉石，若達到莊子說的「六合之內」便能隨心所欲，屆時人事都可遺棄，何須匆忙的局促自己！

人為自己所做的一切找尋著理由，卻不願意暫時停下來思考，究竟自己是為了什麼努力？心中想要的是什麼？若不去思考，只會將自己侷限，侷限在自己選擇的庸碌環境中；換個角度，當你丟棄一些沉重的包袱，海闊天空的世界才可以任你來去自如，才有機會達到詩人說的境界啊。

7. 江南

江南可採蓮，蓮葉何田田，

魚戲蓮葉間，魚戲蓮葉東，

魚戲蓮葉西，魚戲蓮葉南，

魚戲蓮葉北。

傳統的農村生活，每個季節都得忙碌工作。春天要忙著插秧，夏日忙著鋤草，然而因為區域的不同，農事也跟著也所差異，而在盛產蓮花的江南地區，採蓮便是當地的特殊農業。

韶光下，採蓮的姑娘手牽手，成群結隊來到蓮花池畔，池中的蓮葉多麼肥大圓滑，蓮葉上的水珠隨著微風輕快流動，蓮葉底下的魚兒，來回的穿梭。

詩歌跟繪畫是兩種截然不同的藝術，然而好詩讓人腦海浮現畫面，美畫則有詩歌般無窮盡的聯想，這首詩讓人彷彿深入蓮鄉，同著那採蓮的女子一塊唱著船歌，體會豐收的快樂與美景的愉悅。

詩人描述姑娘們搭乘著小船，趁著難得出門的日子，盡情的

[258] 古詩，我的能量補給

邊採蓮邊戲水。那放肆般的歡笑歌唱，笑聲響徹了整個池畔，她們活潑奔放的樣子，如同水中的可愛魚兒，戲水於蓮葉間。這樣的一幅江南採蓮圖，栩栩如生的人魚共戲畫面，便是將詩畫結合在一塊呈現。

讀詩，人們可以感受那份純真又自然的美，喚起自然與人和諧相處的心，流露出忙裡偷閒的悠然情趣，生活中的愜意多麼易得啊。

週休二日的你，是否把自己鎖在都市叢林？還是苦惱無處可遊玩呢？你或許可以隨性一點，就拿份台灣地圖，搭著任何一班通往郊外的公車，來趟悠閒的小旅遊，或者讀幾首山水詩清心一下吧。

8. 艷歌行

漢樂府

翩翩堂前燕，冬藏夏來見。

兄弟兩三人，流宕在他縣。

故衣誰當補？新衣誰當綻？

賴得賢主人，覽取為吾縫？

夫婿從門來，斜柯西北眄。

語卿且勿眄，水清石自見。

石見何纍纍，遠行不如歸。

　　高中時期，通勤的我必須路過台中火車站的地下道，每天通過總會看見幾個穿著破爛衣物的流浪漢，不斷的來回遊晃，他們不但蓬頭垢面，甚至是惡臭難聞，行人看見總像逃難似的離開，我也不例外。

　　幾年後的冬季，有天我從社會新聞聽到一則消息，內容報導台中火車站的地下道，發現了流浪漢的凍死屍體，當時我腦海立刻浮現過往的身影，會是那個不相識的陌生人嗎？我沒有繼續求證，然而以後有相類似的新聞報導，我總會豎起耳朵聽，進而納

悶爲什麼他們不回家，或是找份工作養活自己呢？直到懂事後，才了解他們的背後有些難以開口的故事。

冬去夏至，又到了燕子歸來堂前的時節，燕窩底有個流浪人。延宕他鄉已久的他，舊衣早破爛不堪，新衣卻沒有個著落，正當他愁苦困頓之時，好心的女主人帶著針線爲他縫補，以免他受寒。恰好她的夫婿從外進來撞見，靠著門用眼角微視著他，氣氛十分僵硬。流浪漢於是打破僵局的說：「你不需要這樣看我，我跟夫人的關係就像河中的石頭，水落石出般的清白。」不過即使水清自明，遠行的他還是覺得不如回家的好。

有句廣告詞：「深夜問題多，平安回家最好。」家是人心中最安心的避風港，即便它是豬窩狗窩也會讓人覺得全身放鬆，但是社會上仍存在有家歸不得的人，看到這些流浪漢，我們除了感嘆外或許還可多點珍惜的念頭。

9. 古艷歌

蘭草自生香，生於大道傍。
十月鉤簾起，並在束薪中。

　　有回在東海大學的文理大道上，瞧見景觀系在大鐘底下擺了攤子，各式各樣的小盆栽佈滿四周，並且發出的淡淡花草香，來往人群不斷停佇觀賞，而我也是其中一個。

　　花香勾起我的回憶，記得小學四年級時，曾在表哥家的頂樓發現幾盆剛開的蘭花。蘭花散發的香味逼人，讓不懂得養蘭道理的我，也深深墜入花香。表哥看我十分陶醉，便向我解說蘭花，他滔滔不絕的說蘭花不同科種的區別，懵懂的我哪聽得懂，只能像是鴨子聽雷，也像石頭掉入水中的不通（撲通），完全不解表哥的蘭經，只在最後提了一個的問題：「為什麼它的葉子好像雜草。」表哥沒有解答，我也沒有追問。

　　像我這樣不懂得欣賞花草的人，是無法察覺相似植物的差異。像蘭草雖然會發出香氣，但大多是與其他草木生長在山野，不了解的人從表面上是看不出兩者的分別。

上山砍柴的樵夫，目標是儲藏過冬的木柴，當然也沒有心思去注意區分蘭花與叢草，於是在砍柴的同時連帶將雜草給割除，一旁的蘭草也難逃同樣下場。

　　這樣的行為看在懂得賞花的人士的眼中是多麼不當了。畢竟蘭草跟雜草是不同，蘭草會走向雜草的命運，實在可惜了一朵朵的蘭花。我們不能責怪柴大，因為他根本不懂蘭草的美好。

　　假設我們是株蘭草，難道不會希望有人賞識嗎？就算不懂欣賞，也不需要來傷害我們啊！無辜遭受池魚之殃，叫人怎麼不埋怨啊！只是有多少人可以幸運的不遭逢無妄之災，埋怨在所難免，若真有本事，何必擔心沒有出頭天的時刻呢？蘭花終會有愛蘭者懂得賞識的。

10. 青青陵上柏

古詩十九首

青青陵上柏，磊磊澗中石。

人生天地間，忽如遠行客。

斗酒相娛樂，聊厚不為薄。

驅車策駑馬，游戲宛與洛。

洛中何鬱鬱，冠帶自相索。

長衢羅夾巷，王侯多第宅。

兩宮遙相望，雙闕百余尺。

極宴娛心意，戚戚何所迫？

　　有回到谷關踏青，走入林中，發現附近的樹林特別蔥鬱，山中溪水滑過石磊，不斷發出漸漸的聲響，讓我聯想起詩的前四句。

　　古柏在陵上青青不凋，石頭在山澗中磊磊眾多，相對於古柏磊石兩者，人生在天地之間，不就像個瞬間來去的遠行客？

　　即便像個瞬間來去的遠行客，我們卻還是尚未學會及時行樂。問問你自己，有過多少次邀著知心朋友互相鬥酒、聊天，連

酒稍微的淡薄都不知覺；有過多少次騎著車子穿梭城市街道，欣賞高樓大廈的壯美，暫時的放鬆身心。

也許你覺得要像豪門貴族，在各地擁有高達數百坪的豪宅，身旁播放美妙的樂曲，這才叫放鬆身心。但這樣借助外力，反而無法真正達到快樂，甚至是讓自己被事物束縛，放不開壓力，畢竟這些金錢物質是留不住的，到時你拿什麼來紓解壓力呢？

生活中，讓自己適度放鬆是必要的，畢竟緊繃的弦容易斷。而放鬆的資格是不分貧富貴賤的，有時越是家財萬貴，越是不容易達到放鬆，因為他們有太多的事要擔心。股票跌了沒？合約簽了沒？……等，所以無法達到真正的快樂。反觀身無長物的人，喝點小酒，唱個歌曲，跳著舞蹈，就可以紓解壓力，讓緊繃的弦恢復了彈性。

不曉得你紓解壓力的方法是什麼？不過當你決定用物質來消除壓力，來填補心靈的空虛，小心反倒讓自己的無底洞更擴充加深。若能假日時選擇到郊外遊玩，空閒時到公園跑跑步，煩躁時看些刺激的電影……等，都可讓人暫時的紓壓。若是我們有機會相遇了，記得跟我分享你的方法，或許我可以嘗試不一樣的方法。

11. 橘頌

九章‧楚辭‧屈原

後皇嘉樹，橘徠服兮。受命不遷，生南國兮。

深固難徙，更壹志兮。綠葉素榮，紛其可喜兮。

曾枝剡棘，圓果摶兮。青黃雜糅，文章爛兮。

精色內白，類任道兮。紛縕宜修，姱而不醜兮。

嗟爾幼志，有以異兮。獨立不遷，豈不可喜兮。

深固難徙，廓其無求兮。蘇世獨立，橫而不流兮。

閉心自慎，不終失過兮。秉德無私，參天地兮。

願歲並謝，與長友兮。淑離不淫，梗其有理兮。

年歲雖少，可師長兮。行比伯夷，置以為像兮。

　　台灣近幾年流行著觀光果園，於是每到假日，一群群的觀光客到果實累累的園裡，一面嚼著最新鮮的水果，一面也享受著採果的樂趣。這個機會讓都市叢林的新新人類，首次接觸到平常不易親近的大自然，剛好可以讓他們了解自然萬物的奧妙。

　　屈原的時代沒有鋼筋水泥，更容易親近自然萬物，當他為了不如意的生活而煩躁時，也會來到郊外散散心，暫時離開俗世的

繁忙，呼吸一下新鮮的空氣。

「偉大美麗的橘樹，生來就得適應土地，稟受不再遷徙的使命，長久生長在南國之地。它的根深蒂固難以遷徙，意志專一，樹葉的翠綠，花朵的素潔，茂盛的讓人可喜。層層枝葉如刺般，飽滿果實多麼圓美，青黃之色交雜相採，外在多麼燦爛。

外表鮮亮而內在潔白，像個值得委託的君子，香氣氤氳，儀態多好。美好的氣質，不禁讓人讚嘆的南國橘樹，與他人有異，那獨立不遷的氣節，豈不讓人十分可喜。它根深蒂固難以遷徙，廣闊的胸襟無所求，疏離濁世而獨立，不隨波逐流。堅守清心自知慎重，不曾犯有失誤過錯，秉持大德無私心，樹立天地之間。

我願在歲暮百花凋謝時，與你長相左右。善良富麗而不荒淫，就像梗枝般的有其紋理。即便對老的橘樹而言你尚年輕，卻仍可作為我品行的師長，就像歷史上的伯夷，成為我的榜樣。」

每個人從不同的事物上，看到的是不同的樣貌，聽到的也是不同的聲音，而能夠從一顆自然植物身上，學習到人類的精神也是不錯。像屈原不只是欣賞橘樹的美，甚至感受植物堅定不移的情操，所以說任何的事物都可能成為你的老師，只要我們帶著一顆願意學習的心。

① 中國傳奇人物100

　　本書除提供名人的經歷背景等資料外，並蒐集各種相關知識，有文學家的成名作品、畫家的知名畫作、及從人物本身引出的知名人物介紹，如由李師師與宋徽宗的一段情感，牽引出宋徽宗的名畫等，因此使本書更具有翻閱與收藏價值。

黃晨淳／編著　定價／300元　特價／199元

② 今天的名人

　　全書依照重要人物出生或具特別意義的日期順序排列，回顧古今中外所發生過的點點滴滴，提供給我們有關歷史人物的一言一行，從他們的成敗、功過，深切的印證我們生命中種種的軌跡，看到人類的過去亦可深激發人類與生具有的「有爲者亦若是」潛能，而效法歷史上偉人的行事風範和經驗，擷取人類智慧結晶。

蔡漢勳／編著　定價／320元　特價／199元

③ 神的故事

　　選錄千年道教諸神100位，諸如西王母、媽祖、李哪吒、保生大帝等，探索中國信仰的眞諦，增廣知識與奠基我們的信仰。100張神明圖片解說，帶你進入傳說中的神話，了解敬仰神的傳說與事蹟，呈現出民間的信仰文化。附錄諸神台灣寺廟介紹、延伸閱讀，讓信仰與生活相結合。

陳福智／編著　定價／220元

④ 改變歷史的偉大人物

　　網羅史上100位影響歷史及有特別貢獻及重大成就的名人，像是甘迺迪、華盛頓、佛洛伊德、釋迦牟尼、畢卡索、萊特兄弟、史蒂文生、莎士比亞、貝多芬等人。探討什麼樣的成長過程鍛鍊造就他們堅忍不拔的精神？他們一生中有什麼特別的經歷和境遇？細讀本書後相信您可以清楚地找到答案，並學習到名人的精神和成功智慧。

張秀琴／編著　定價／350元　特價／249元

⑤ 影響世界的哲學家

　　這是一本以「人」爲本的不純哲學書，涵蓋亞理斯多德、笛卡兒、史賓諾沙、尼采、馬克思、維根斯坦、傅柯，還有洛克、伏爾泰、休謨、盧梭、康德、黑格爾、叔本華、胡塞爾、柏格森、海德格，有生活中的衝突、歡笑與執著，當然你也可以粗略了解哲學家爲世人所敬重的知識理論、思想體系以及對人類社會的偉大貢獻。

陳治維／編著　定價／300元　特價／199元

誰想當皇帝

　　自秦始皇嬴政自稱「皇帝」至清朝最後的清宣統愛新覺羅‧溥儀為止，中國共有四百多位即位稱帝的皇帝。他們之間有許多的共同性，也有很多的相異處，有的文才武略兼備，有的卻只知荒淫享樂…。

　　本書精選中國三十五位極具特色的皇帝，針對他們的部分事蹟採取故事性的描述，重建該帝生動鮮明的形象，並於文末針對該皇帝的言行，進行深入的檢討與延伸的思考，為歷史賦予現代的意義。

林鉦昇／編著　定價／280　特價／169元

世紀名人懸案大破解

　　此書蒐集關於古今國外名人的懸疑之處，包括身世的神秘之處和懸疑之點，例如像是摩西眞的率領猶太人逃出埃及？埃及豔后是被毒蛇咬死的嗎？貝多芬是被酒害死？貞德是聖女或魔女？戴安娜的車禍身亡之謎？在探究這些名人背後的神秘身世，以客觀方式來呈現名人懸案的眞正原因，並且探討為何這些世界名人對世人有何重要的影響和啟發。

雨田／主編　定價／350　特價／199元

中國名人懸案大破解

　　此書探究中國歷史名人背後的神秘身世，以客觀方式來呈現名人懸案的豐富性，包括身世的神秘和懸疑，例如像是孔子眞的是「私生子」嗎？華陀的一針如何治好曹操的頭痛？武當派始祖「張三豐」竟有分身？康熙皇帝眞是被人下毒害死的？進而破解名人背後的種種秘辛，並且探討這些名人對後世有何重要的影響和啟發。

王長安／主編　定價／380元　特價／199元

美國總統全紀錄

　　本書完整收錄了四十二位美國總統的生平片段、豐功偉業、趣聞軼事及治國謀略，帶您洞察這些白宮領導人讓美國成為世界強國的獨到功力。看看這四十二位美國總統像是華盛頓、林肯、甘迺迪、柯林頓等等……如何發揮治國能力和英明決策帶領國家走向富庶強大之路。

石良德／編著　定價／250元　特價／149元

國家圖書館出版品預行編目資料

古詩，我的能量補給／星佑編著；
初版.——臺中市 ：好讀，2003[民92]
面： 公分，——（詩療館；04）
ISBN 957-455-539-9（平裝）

831   92017108

詩療館 04

古詩，我的能量補給

編著／星佑
總 編 輯／鄧茵茵
文字編輯／葉孟慈 陳淑惠
美術編輯／賴怡君 李靜佩
發行所／好讀出版有限公司
台中市407西屯區何厝里19鄰大有街13號
TEL:04-23157795 FAX:04-23144188
e-mail:howdo@morning-star.com.tw
http://www.morning-star.com.tw
法律顧問／甘龍強律師
初版／西元2003年11月1日

總經銷／知己實業股份有限公司
台北公司：台北市106羅斯福路二段79號4樓之9
TEL:02-23672044 FAX:02-23635741
台中公司：台中市407工業區30路1號
TEL:04-23595820 FAX:04-23597123

定價：220元
特價：149元

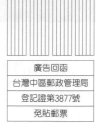

好讀出版社　編輯部收

407 台中市西屯區何厝里大有街13號1樓
電話：04-23157795　傳真：04-23144188
E-mail:howdo@morning-star.com.tw

新讀書主義─輕鬆好讀，品味經典

-------- 請沿虛線摺下裝訂，謝謝！ --------

更方便的購書方式：

(1)**信用卡訂購**　填妥「信用卡訂購單」，傳真或郵寄至本公司。

(2)**郵 政 劃 撥**　帳戶：知己實業股份有限公司　帳號：15060393
　　　　　　　　在通信欄中填明叢書編號、書名及數量即可。

(3)**通 信 訂 購**　填妥訂購人姓名、地址及購買明細資料，連同支
　　　　　　　　票或匯票寄至本社。

◉單本以上9折優待，5本以上85折優待，10本以上8折優待。

◉訂購3本以下如需掛號請另付掛號費30元。

◉服務專線：(04)23595819-231　FAX：(04)23597123

◉網　　址：http://www.morning-star.com.tw

書名：古詩，我的能量補給

1. 姓名：＿＿＿＿＿＿ □♀ □♂ 出生：＿年＿月＿日
2. 我的專線：（H）＿＿＿＿＿＿ （O）＿＿＿＿＿＿
   FAX ＿＿＿＿＿＿ E-mail ＿＿＿＿＿＿
3. 住址：□□□＿＿＿＿＿＿＿＿＿＿＿＿＿＿＿
4. 職業：
   □學生 □資訊業 □製造業 □服務業 □金融業 □老師
   □ SOHO族 □自由業 □家庭主婦 □文化傳播業 □其他＿＿＿
5. 何處發現這本書：
   □書局 □報章雜誌 □廣播 □書展 □朋友介紹 □其他＿＿＿
6. 我喜歡它的：
   □內容 □封面 □題材 □價格 □其他＿＿＿＿
7. 我的閱讀嗜好：
   □哲學 □心理學 □宗教 □自然生態 □流行趨勢 □醫療保健
   □財經管理 □史地 □傳記 □文學 □散文 □小說 □原住民
   □童書 □休閒旅遊 □其他
8. 我怎麼愛上這一本書：
   ＿＿＿＿＿＿＿＿＿＿＿＿＿＿＿＿＿＿＿＿＿＿＿
   ＿＿＿＿＿＿＿＿＿＿＿＿＿＿＿＿＿＿＿＿＿＿＿
   ＿＿＿＿＿＿＿＿＿＿＿＿＿＿＿＿＿＿＿＿＿＿＿

『輕鬆好讀，智慧經典』
有各位的支持，我們才能走出這條偉大的道路。
好讀出版有限公司編輯部　謝謝您！